Mit Goethe durch das Jahr

EIN KALENDER FÜR DAS JAHR 2004

ARTEMIS & WINKLER

Thema der 56. Folge des Goethekalenders:
Liebe hat viele Formen, Eros tausenderlei Masken
Goethe im Umgang mit Frauen
Corona Schröter – Angelica Kauffmann – Bettine Brentano

Auswahl, Anmerkungen und Quellenverzeichnis
von Effi Biedrzynski

© 2003 Patmos Verlag GmbH & Co. KG
Artemis & Winkler Verlag, Düsseldorf und Zürich
Alle Rechte, einschließlich derjenigen des auszugsweisen
Abdrucks sowie der fotomechanischen und
elektronischen Wiedergabe, vorbehalten.
Satz: Offizin Wissenbach, Höchberg bei Würzburg
Druck und Bindung: Friedrich Pustet, Regensburg
Printed in Germany
ISBN 3-7608-4804-4 kt.
ISBN 3-7608-4904-0 Ld.
www.patmos.de

1. Neujahr

Säume nicht, dich zu erdreisten,
Wenn die Menge zaudernd schweift!
Alles kann der Edle leisten,
Der versteht und rasch ergreift.

2. Freitag

Der Mensch findet sich, erst unbewußt, dann halb, endlich ganz bewußt, immerfort bedingt und begrenzt. Niemand kennt Zweck und Ziel seines Daseins. So tastet er nur, greift zu, läßt fahren, steht stille, bewegt sich, zaudert und übereilt sich und alle Irrtümer entstehen, die uns verwirren.

3. Samstag

Der Philosoph, dem ich zumeist vertraue,
Lehrt, wo nicht gegen alle, doch die meisten,
Daß unbewußt wir stets das Beste leisten:
Das glaubt man gern und lebt nun frisch ins Blaue.

4. Sonntag

Wenn man fürs Künftige was erbaut,
Schief wirds von vielen angeschaut.
Tust du was für den Augenblick,
Vor allem opfre du dem Glück.

5. Montag

Was der Mensch leisten soll, muß sich als ein zweites Selbst von ihm ablösen, und wie könnte das möglich sein, wäre sein erstes Selbst nicht ganz davon durchdrungen?

6. Dienstag · Heilige Drei Könige

Man braucht mit vorzüglichen Menschen nicht durchaus einig zu sein, um Neigung und Bewunderung für sie zu empfinden.

7. Mittwoch

Die Zeit rückt fort, und in ihr Gesinnungen, Meinungen, Vorurteile und Liebhabereien.

8. Donnerstag

Den Menschen ist nur mit Gewalt und List etwas abzugewinnen.

9. Freitag

Möge doch ein jeder seine Befugnis prüfen und sich fragen, was leistest du und wozu bist du berufen?

10. Samstag

Wenn der schwer Gedrückte klagt:
Hülfe, Hoffnung sei versagt,
Bleibet heilsam fort und fort
Immer noch ein freundlich Wort.

11. Sonntag

Halte dich nur im stillen rein
Und laß es um dich wettern;
Je mehr du fühlst, ein Mensch zu sein,
Desto ähnlicher bist du den Göttern.

12. Montag

Wir haben kein Recht, irgend jemandem Dinge abzufordern, die er von Natur aus nicht zu leisten imstande ist.

13. Dienstag

Wir lernen viel und wissen wenig, am mindesten das Rechte.

14. Mittwoch

Nur klugtätige Menschen, die ihre Kräfte kennen und sie mit Maß und Gescheitigkeit benutzen, werden es im Weltwesen weit bringen.

15. Donnerstag

Man kann jeden Menschen als eine vielsilbige Scharade ansehen, wovon er selbst oft nur wenige Silben zusammenbuchstabiert, indessen andere leicht das ganze Wort entziffern.

16. Freitag

Unsre Eigenschaften müssen wir kultivieren, nicht unsre Eigenheiten.

17. Samstag

Nicht insofern der Mensch etwas zurückläßt, sondern insofern er wirkt und genießt und andere zu wirken und zu genießen anregt, bleibt er von Bedeutung.

18. Sonntag

In die Welt hinaus!
Außer dem Haus
Ist immer das beste Leben!

19. Montag

Viel Unheil entsteht, weil die Menschen zu nachlässig sind, ihre Zwecke recht kennen zu lernen, und wenn sie solche kennen, ernsthaft darauf los zu arbeiten.

20. Dienstag

Wenn Fremde sich in unsre Lage fühlen,
Sind sie wohl näher als die Nächsten, die
Oft unsern Gram als wohlbekanntes Übel
Mit lässiger Gewohnheit übersehn.

21. Mittwoch

Wenn der Mensch alles leisten soll, was man von ihm fordert, so muß er sich für mehr halten, als er ist.

22. Donnerstag

Nicht allein das Angeborene, auch das Erworbene ist der Mensch.

23. Freitag

So ists aber in der Welt: wer nur erst über einen Anstoß hinaus ist, kommt über tausend.

24. Samstag

Frage nicht nach anderm Titel,
Reinem Willen bleibt sein Recht!
Und die Schurken laß dem Büttel
Und die Narren dem Geschlecht.

25. Sonntag

Übereilung und Dünkel sind gefährliche Dämonen, die den Fähigsten unzulänglich machen, alle Wirkung zum Stocken bringen und freie Fortschritte lähmen.

26. Montag

Der Kredit ist eine durch reale Leistungen erzeugte Idee der Zuverlässigkeit.

27. Dienstag

Gott hat den Menschen einfach gemacht, aber wie er gewickelt wird und sich verwickelt, ist schwer zu sagen.

28. Mittwoch

Ihrer sechzig hat die Stunde,
Über tausend hat der Tag.
Söhnchen, werde dir die Kunde,
Was man alles leisten mag!

29. Donnerstag

Daß ein Mensch etwas ganz entschieden verstehe, wie nicht leicht ein anderer, darauf kommt es an.

30. Freitag

Die sich um uns bekümmern, tätens
oft nicht, wenn sie mit sich selbst was Bessers
anfangen könnten.

31. Samstag

Liebe leidet nicht Gesellen,
Aber Leiden sucht und hegt sie;
Lebenswoge, Well auf Wellen,
Einen wie den andern trägt sie.

I. DIE SCHAUSPIELERIN

AUF MIEDINGS TOD

Ihr Freunde, Platz! Weicht einen kleinen Schritt!
Seht, wer da kommt und festlich näher tritt!
Sie ist es selbst; die Gute fehlt uns nie;
Wir sind erhört, die Musen senden sie.
Ihr kennt sie wohl; sie ist's, die stets gefällt;
Als eine Blume zeigt sie sich der Welt:
Zum Muster wuchs das schöne Bild empor,
Vollendet nun, sie ist's und stellt es vor.
Es gönnten ihr die Musen jede Gunst,
Und die Natur erschuf in ihr die Kunst.
So häuft sie willig jeden Reiz auf sich,
Und selbst dein Name ziert, *Corona*, dich.

Sie tritt herbei. Seht sie gefällig stehn!
Nur absichtslos, doch wie mit Absicht schön.
Und hocherstaunt seht ihr in ihr vereint
Ein Ideal, das Künstlern nur erscheint.

Am 27. Januar 1782

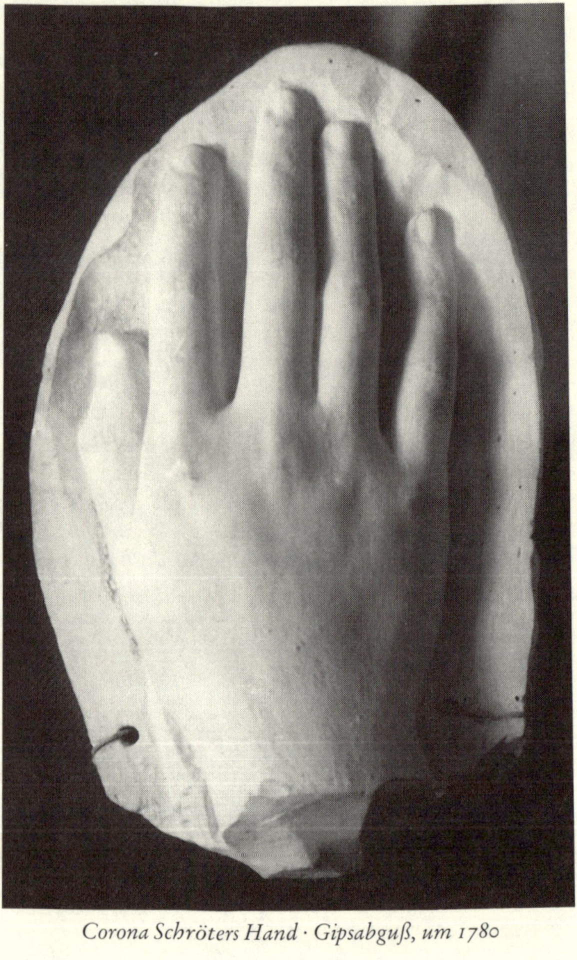

Corona Schröters Hand · Gipsabguß, um 1780

VORGESCHICHTE

Geboren am 14. Januar 1751 in Guben, Schauspielerin und Sängerin in Leipzig, ab 1776 in Weimar; der Vater Musiker, mit dem umständlichen Titel eines »Königlich Polnischen und Kurfürstlich Sächsischen, bei dem löblichen Graf Brühlschen Regiment bestallten Hautboisten«. – In ihrem, wie Wieland 1778 schrieb, à la grecque geschnittenen, ebenso simplen wie raffiniert-insidiosen Anzug eine schöne und elegante Frau. Groß und schlank, das Gesicht mit den weitgeöffneten, strahlenden, braungrauen Augen voller Ausdruck und Leben, das rahmende Haar locker und reich, jede Geste im Geschmack des heraufziehenden Klassizismus »edel« und von verhaltener Anmut. – Sie war auch eine kluge und kultivierte Frau. Sie kannte die Kunst, die Literatur und Musik der Zeit, verfügte über mehrere Sprachen wie Polnisch, Französisch, Italienisch, Englisch; das Klavier meisterte sie und spielte »ganz allerliebst die Laute, die Flöte«. Sie ritt, tanzte und lief Schlittschuh, und Goethe resümierte entzückt:

Es gönnten ihr die Musen jede Gunst,
Und die Natur erschuf in ihr die Kunst.

Die Ausbildung der Stimme, die zu großen Hoffnungen berechtigte, hatte der Vater ehrgeizig und schonungslos vorangetrieben. Zur weiteren Förderung brachte er die Tochter, nach frühen Kinderjahren in Guben und Warschau, zu dem mit ihm wohl verwandten oder zumindest befreundeten Johann Adam Hiller, Meister des deutschen Singspiels und in Leipzig Leiter des »Großen Konzerts der Herren Kaufleute« (seit 1781 »Gewand-

hauskonzert«). Auf dem Podium dieser ältesten bürgerlichen deutschen Konzertvereinigung errang die Vierzehnjährige ihre ersten großen Erfolge. Hier sah und erlebte sie, neben ihrer Rivalin Mara, auch der Studiosus Goethe, knapp zwei Jahre älter als Corona.

Beide habe er, notierte er noch im hohen Alter, in den Hassenschen Oratorien oft nebeneinander singen hören. Mara gehörte die allgemeine Bewunderung. Corona Schröter dagegen, ob sie es gleich mit jener nicht an Stimme und Talent aufnehmen konnte, erregte durch ihre Schönheit, durch ihr vollkommen sittliches Betragen und ihren ernsten anmutigen Vortrag eine Empfindung, die sich als Neigung, Liebe, Achtung oder Verehrung zu äußern pflegte. – »Verschiedene ihrer Anbeter machten mich zum Vertrauten und erbaten sich meine Dienste, wenn sie irgendein Gedicht zu Ehren ihrer Angebeteten wollten drucken und ausstreuen lassen.« –

Und Johann Friedrich Reichhardt, auch er um die gleiche Zeit Musikstudent in Leipzig, schreibt: »Jeder Morgen und jeder Nachmittag ward fast ganz mit Corona in ihrer Gartenwohnung vor der Stadt, im Haus des Kunstgärtners Probst, an ihrem Flügel bei Hasseschen Partituren verlebt. Und wie verlebt! Sie sang, wenngleich mit bedeckter Stimme, mit ganzer Seele und großem Ausdruck.

Besonders deklamierte sie das Rezitativ meisterhaft. – Nie habe ich ihr ohne tiefste Herzensbewegung gelauscht, wagte einmal sogar, ihr nach einem solchen Genuß, beim Gang durch den Garten, einen Kuß zu geben, der aber durch die spröde, wegwerfende Art, mit der sie diese Frechheit zurückwies, der einzige blieb. Ein leiser Händedruck war die höchste Beloh-

Weimarer Schloßruine von 1774

nung für mein treues Dienen und die grenzenlose Verehrung und Liebe, die ich ihr zollte.«

KATASTROPHE

Im großen Brand des Fürstlichen Schlosses am 6. Mai 1774 ging nahezu alles zugrunde, was bis dahin Weimars Glanz, Lust und Leben ausgemacht hatte. – Das Feuer, das plötzlich, um die Mittagszeit, im Küchentrakt des Schlosses ausbrach, fegte, in einem wilden Furioso, von Stockwerk zu Stockwerk springend, in wenigen Stunden den mächtigen Gebäudekomplex leer. Das schwere Mauerwerk – durch Jahrzehnte dann ein rauchgeschwärztes bizarr zerklüftetes Memento – hielt stand, die lodernden Dächer aber stürzten in die Tiefe, durchschlugen, alles mit sich reißend, Decken und Fußböden und vernichteten im Sturz mit den Wohnungen, Lagern, Kanzleien, mit den Küchen, Kammern,

den Fluren und Stiegen neben den angehäuften Vorräten, neben dem Geschirr und Gerät des täglichen Gebrauchs, kostbare, in Jahrhunderten zusammengetragene Sammlungen und ließen Ballsaal, Kirche und »Opernhaus« (eine erste Weimarer Bühne, 1696 im Ostflügel des Schlosses eingebaut) als ausgebrannte Ruinen zurück. – Das »Herzogliche Hof-Theater«, knapp drei Jahre zuvor, nach mehreren ärgerlichen Unterbrechungen, als Fürstliche Institution von Anna Amalia neu begründet, hatte seinen Ort, die ausgezeichnete Seylersche Truppe ihr Engagement verloren. – Der Herzogin, aller Mittel beraubt, blieb nur, die Gesellschaft eiligst den Gothaischen Vettern weiterzuempfehlen.

In Weimar aber ermunterte sie, in der festen Überzeugung, daß »ein wohl geordnetes Theater nicht wenig dazu beitrage, unvermerkt Geschmack und Sitten zu verbessern«, jedes Talent, das sich geneigt zeigte, den Widrigkeiten zum Trotz nicht vom Theater zu lassen. Mit Witz und guter Laune schickte man sich in die Situation. – Graf Putbus, der Herzogin Hofmarschall, noch ganz Dixhuitième und auf das französische Vorbild fixiert, agierte mit Aristokraten für Aristokraten, in Anna Amalias zierlichem Palais, nur in elegantem Französisch; Bertuchs bürgerlicher Zirkel hielt sich ans Deutsche; unter Goethe aber, der nach seiner Ankunft im November 1775, übermütig, »allerley Schwänk und Schabernack« anzettelnd, sofort in das bunte Treiben glitt, mischten sich die Kreise. Spielend, im Spiel, schufen sich der »halbe Hof, die halbe Stadt«, die lästigen Standesgrenzen überspringend, ihr Theater. – Inoffiziell, doch quirlend von Spaß und Vergnügen.

EINLADUNG

Goethe an Johanna Fahlmer, 18. 3. 1776 – Übermorgen reisen wir ab nach Dessau, ich sehe also Leipzig wieder, wird wunderbare Empfindung seyn. – An Frau von Stein, 19. 3. 76 – Ich bin heut Nacht krank geworden und zwar toll, habe mich aber wieder zusammen genommen. – Am 20. 3. 76 – Wie befinden Sie sich, beste Frau, heute wär ich schon weit von Ihnen ohne den Zufall, und der ist mir nun auch lieb weil ich Ihnen noch nahe bin. – Abends 24. 3. 76 – Noch Einen Adieu! Und Gott gebe seinen Segen dazu! – Am 24. 3. 76 – Nachts halb zwölfe Auerstädt. Unter allerley Gedanken über Schicksal und Grillen und Träumen bin ich hier angekommen. – Am 25. 3. 76 – Naumburg früh 5. Mit Tags Anbruch komm ich an. Ein wunderbares liebes Dämmerlicht schwebt über allem. Ich habe viel gefroren und was das beste ist auch viel geschlafen. – Wie anders! Gott wie anders! Als da ich vor zehen Jahren als ein kleiner, eingewickelter, seltsamer Knabe in eben das Posthaus trat. – Leipzig, 25. 3. 76 – Nachts 10. Nun hier! Alles ist wies war, nur ich bin anders. Nur das ist geblieben was die reinsten Verhältnisse zu mir hatte damals. – Die Schröter ist ein Engel.

An dieses Damals, an jene Jahre, als er, wie alle Welt entzückt, Können und Charme des jungen Geschöpfs erlebte, erinnerte sich Goethe, als ihm 1776 in Weimar die Direktion des langsam entstehenden Liebhabertheaters zufiel. Für die auf diesen Brettern vereinte Runde vergnügt agierender Laien mußte eine Corona Schröter, der ein Theaterfachmann wie Wilhelm Friedrich Gotter »alle Theaterkenntnis, alle Gewandtheit

(Fortsetzung S. 22)

FEBRUAR

1. Sonntag

Über alles, was begegnet,
Froh, mit reinem Jugendsinn,
Sei belehrt, es sei gesegnet!
Und das bleibe dir Gewinn.

2. Montag

Man sieht nicht eher, wie schlecht eine Wirtschaft ist, als wenn man ihr recht ordentlich nachrechnet und alles umständlich bilanziert.

3. Dienstag

Der kann sich manchen Wunsch gewähren,
Der kalt sich selbst und seinem Willen lebt;
Allein, wer andre wohl zu leiten strebt,
Muß fähig sein, viel zu entbehren.

4. Mittwoch

Jeder schätzt gewisse Eigenschaften an sich und andern, nur die begünstigt er.

5. Donnerstag

Das sind mir die allzu bösen Bissen,
An denen die Gäste erwürgen müssen.

6. Freitag

In wissenschaftlichen Dingen kann man sich nie übereilen. Was man richtig beobachtet hat, wirkt tausendfältig auf andere und von ihnen wieder auf uns zurück.

7. Samstag

Töricht war ich immer, daß andre zu lehren ich glaubte;
Lehre jeden du selbst, Schicksal, wie er's bedarf.

8. Sonntag

Wär nicht das Auge sonnenhaft,
Die Sonne könnt es nie erblicken;
Läg nicht in uns des Gottes eigne Kraft,
Wie könnt uns Göttliches entzücken?

9. Montag

Es gibt keine Lage, die man nicht veredeln könnte durch Leisten oder Dulden.

10. Dienstag

Gewöhne dich ans freie Anschauen der Natur, sie wird dir immer ernsthafte Betrachtungen erwecken.

11. Mittwoch

Sage nicht, daß du geben willst, sondern gib! Die Hoffnung befriedigst du nie.

12. Donnerstag

Durch nichts bezeichnen die Menschen mehr ihren Charakter als durch das, was sie lächerlich finden.

13. Freitag

Es ist der Betrachtungen wert, daß die Gewohnheit sich vollkommen an die Stelle der Liebesleidenschaft setzen kann. Sie fordert nicht sowohl eine anmutige als bequeme Gegenwart, alsdann aber ist sie unüberwindlich.

14. Samstag

»Schneide so kein Gesicht!
Warum bist du der Welt so satt?«
Das weiß alles nicht,
Was es neben und um sich hat.

15. Sonntag

Die Wirklichkeit hat nur eine Gestalt, die Hoffnung ist vielgestaltet.

16. Montag

Nichts leichter als dem Dürftigen schmeicheln;
Wer mag aber ohne Vorteil heucheln?

17. Dienstag

Und ich seh nicht, was es frommt,
Aus der Welt zu laufen,
Magst du, wenn's zum Schlimmsten kommt,
Auch einmal dich raufen.

18. Mittwoch

Das Gewebe unseres Lebens bildet sich aus gar verschiedenen Fäden, da sich Notwendiges und Zufälliges durcheinanderschränkt.

19. Donnerstag

Einen Helden mit Lust preisen und nennen
Wird jeder, der selbst als kühner stritt.
Des Menschen Wert kann niemand erkennen,
Der nicht selbst Hitze und Kälte litt.

20. Freitag

Man verändert fremde Reden beim Wiederholen wohl nur darum so sehr, weil man sie nicht verstanden hat.

21. Samstag

Auf Pergament Lieb und Haß geschrieben
Ist, was wir heute hassen und lieben;
Wo käme Lieb und Haß denn her,
Wenn er nicht schon von alters wär.

22. Sonntag

Soll man dich nicht aufs schmählichste berauben,
Verbirg dein Gold, dein Weggehen, deinen Glauben.

23. Rosenmontag

Wir können uns eigentlich nichts angewöhnen, nichts was nicht schon unser wäre.

24. Fastnacht

Ohne Fastnacht und Mummenspiel
Ist am Februar auch nicht viel.

25. Aschermittwoch

Schilt nicht den Schelmen, der eifrig bemüht,
Bald so, bald so sich zu wenden:
Wenn der den Teufel am Schwanze zieht,
Ihm bleibt ein Haar in den Händen.

26. Donnerstag

Der Mensch kann und soll seine Eigenschaften weder ablegen noch verleugnen.

27. Freitag

Denn das Rechte zu ergreifen
Muß man aus dem Grunde leben,
Und salbadrisch auszuschweifen
Dünket mich ein seicht Bestreben.

28. Samstag

Es ist ganz einerlei, ob man das Wahre oder das Falsche sagt: beidem wird widersprochen.

29. Sonntag

In keiner Gilde kann man sein,
Man wisse denn zu schultern fein;
Das, was sie lieben, was sie hassen,
Das muß man eben geschehen lassen;
Das, was sie wissen, läßt man gelten,
Was sie nicht wissen, muß man schelten,
Althergebrachtes weiterführen,
Das Neue klüglich retardieren;
Dann werden sie dir zugestehn,
Auch nebenher deinen Weg zu gehen.

und die Geistesgegenwart der routinierten Schauspielerin« zuschrieb, Stütze, Maßstab und belebendes Vorbild sein. – Er lud sie ein. Im Auftrag Herzog Carl Augusts bat er Corona, am Weimarer Hof die Stelle einer Vocalistin zu übernehmen. Als Gage wurden ihr 400 Taler jährlich, und zwar auf Lebenszeit, zugesichert. Corona nahm an. Und das wahrscheinlich gern, denn ihre Stimme zeigte, Folge der heillosen, väterlichen Exerzitien, bedenkliche Ermüdungserscheinungen. Nur mühsam bewältigte sie die hohen Lagen, und mühsam nur vermochte sie sich neben dem Orchester zu behaupten. In Weimar aber bot sich ihr in kleineren Räumen, gegenüber einem sparsamer besetzten Orchester und einem kleineren Hörerkreis die Chance, trotz »bedeckter Stimme« weiterzuarbeiten. Darüber hinaus durfte sie damit rechnen, auch ihre schauspielerische Begabung, die sie in Leipzig aus Scheu vor der oft rüden Bühnenwirklichkeit jener Tage kaum erprobt hatte, an dem kleinen Hof der Dichter und Gelehrten ernstlich zu nutzen.

O Weimar! dir fiel ein besonder Los!
Wie Bethlehem in Juda, klein und groß.
Bald wegen Geist und Witz beruft dich weit
Europens Mund, bald wegen Albernheit.
Der stille Weise schaut und sieht geschwind,
Wie zwei Extreme nah verschwistert sind.
Eröffne du, die du besondre Lust
Am Guten hast, der Rührung deine Brust!

Aus: »Auf Miedings Tod«

Corona Schröter. Öl auf Papier, um 1778

Am 16. November 1776 kam Corona in Weimar an, acht Tage später gab sie bei Hofe ihr erstes Konzert. – In der Folge gehörte dann ihr Erscheinen bei Redouten und Maskenzügen, wo man mit ihrer dekorativen Gegenwart rechnete, ebenso zu ihren Pflichten, wie sie bei Anna Amalias Hausmusiken oder in Oratorien und größeren Konzerten, doch auch in den Singspielen, den Possen und Parodien – oft mit Goethe als Partner – die Rollen zu übernehmen hatte, denen das Laienensemble nicht gewachsen war. – Die Liste war lang und leichthändig gemischt. Goethe und immer wieder Goethe (der in seinem Reisesack vielerlei spielbares »Material« mitgebracht hatte oder bei Bedarf ad hoc erfand), doch auch Egido Duni oder Gozzi, auch Händel und Hasse oder Seckendorff und Einsiedel. Darunter so unterschiedliche Rollen wie die »Proserpina«, im Januar 1778 aufgeführt, ein Monodrama in 271 Versen, ein Lamentoso im hohen Stil, von Goethe für Corona geschrieben, das der Schauspielerin, unterstützt von Seckendorffs Musik, die Möglichkeit gab, die Kraft ihres rezitatorischen Talents voll zu entfalten. Im Kontrast dazu – zwanglos, naiv, kokett – eine Figur wie das Dortgen in Goethes »Fischerin«, im Juli 1782 unter den Bäumen des Tiefurter Parks, am Ufer der Ilm, in Szene gesetzt. Die Lieder, die Corona hier sang, darunter den »Erlkönig«, waren ihre Komposition. – Schließlich der Höhepunkt ihrer Theaterkarriere und zugleich ein festes Datum der deutschen Theatergeschichte am 6. April 1779: die Uraufführung der Prosa-»Iphigenie«, mit Corona in der Titelrolle und Goethe als Orest. Eine »Iphigenie«, sicher nicht für Corona geschrieben, auch

nicht durch sie inspiriert (wie sentimentalerweise gern angenommen wird) – doch vor den Augen des Publikums verwandelte sich Corona, mit ihrer Fähigkeit, zart und genau den poetischen Einfall sichtbar zu machen, in diese Figur, wurde der zuschauenden Phantasie in der leisen Grazie, im Ernst ihres Spiels zu Iphigenie, gewann Identität mit der dichterischen Imagination.
36 Taler für 30 Ellen weiße Leinwand, 11 Ellen weißen Taft und 50½ Ellen weißen Milchflor verbuchte die herzogliche Schatulle zu dem »ächt griechischen Gewand«, das diese Iphigenie statt des üblichen Reifrocks trug.

Georg Melchior Kraus: Szene aus der Tiefurter Aufführung der »Fischerin«. Aquarell, 1782

Corona war ein stolzes Geschöpf. Hatte sie schon in Leipzig jede zudringliche männliche Bewunderung indigniert abgewehrt, so ließ sie sich in Weimar alle Wege, um jeder Mißdeutung vorzubeugen, von Minna Probst, ihrer »dicken Cypassis«, chaperonieren. Für sie seit den gemeinsamen Tagen in Vater Probsts Leipziger Gartenhaus Freundin, Schutz, Faktotum.
In Weimar aber beschreibt sie ein junger Zürcher als »gehalten und widerstrebend«, und Herzog Carl August, ebenfalls ihrem Liebreiz verfallen, schien sie »marmorschön und marmorkalt«. Andeutungen in Goethes Tagebuch und seinen Briefen an Charlotte von Stein ist abzulesen, daß auch er wie sein Herr von Corona, die ihm gelöst und fröhlich entgegenkam, elektrisiert und fasziniert war.

Tagebuch, 27. 12. 76 – Redoute. Crone sehr schön. – 1. Januar 77 – Abends mit Crone und Herzog bey Wieland. Fieberhafte Schläfrigkeit. – 2. Januar – Mit Kraus und Mieding zu Crone. Nachts fieberhaft. – 13. Januar – Mittags bei Frau von Stein mit Crone und Herzog gessen. Streit über Raffael. Abends Mondenzeichnung. – 1. Februar – Nach der Redoute. Phantasie Herzklopfen. – 8. Februar – Abends Crone und Herzog bey Laide ertappt. – 9. März – Ging zu Cronen, kriegte Picks und ging nach Hause. – 2. Mai – Abends Crone, Mine Herzog, Seckendorff im Garten. Ausgelassen lustig. Nachts herrliches Gewitter. – 8. Mai – Crone den ganzen Tag im Garten. – 13. März 78 – Abends Komödie. Zu Cronen. War in schönem bestätigtem Wesen.

Corona Schröter, schlummernd. Nach einer Kohlezeichnung Goethes, 1777

Beide verband die Theaterarbeit. Für beide – Regisseur und Schauspielerin – Pflicht, Glück, Förderung. Dazu dieses Prickeln, dieses erotisierende Flirren, das jede Anstrengung belebte und steigerte. Geselliges schloß sich an. Sie trafen sich zu Tisch: bei ihm, bei ihr. Sie schlenderten durch den Park, durchschweiften mit ihren Pferden die Waldstücke am Ettersberg oder in Richtung Ilmenau, und sie teilten vergnügt die Abenteuer der Eisbahn. – Goethe las aus entstehender Dichtung; Corona musizierte oder sang ihm Lieder von Gluck, Pergolesi oder Rousseau, deren Noten gerade in Weimar eingetroffen waren. – Ein Idyll, scheinbar schattenlos und von jugendlich bewegter Daseinsfülle. Doch ein Zettel (der einzige Brief Goethes an Corona, der sich erhalten hat), undatiert, im Ton mahnend, zärtlich, deutet auf Unruhe und quälende Spannung, deutet auf Wirrungen, die Goethe empfindlich störten, für uns aber undeutbar bleiben. Kein Wort, keine Zeile verrät, in welche Richtung Coronas Hoffnungen, Sehnsüchte, Träume zielten.

Dagegen reflektieren Goethes Briefe an Frau von Stein, der angebeteten Seelenfreundin, die nicht ertrug, daß die junge Schauspielerin Goethes Interesse für sie zu mindern drohte, sichtlich deren hartnäckig-eifersüchtige Irritationen. – Auch hören wir von Carl Augusts drängelnder Verliebtheit, hören, daß er Corona heftig begehrte. In zwei scharfen Rencontres, im September 1777 und noch einmal im Januar 1779, trat Goethe seinem Herrn entgegen und zwang (da er unbedingt Corona und Herzogin Louise – beide höchst empfindlich-empfindsam – geschont wissen wollte) den jungen Herzog zu Besonnenheit und Verzicht, woraus aber, um seiner Forderung Gewicht zu verleihen, auch sein Verzicht auf Coronas Nähe resultierte. – »Das Vergangene können wir nicht zurückrufen«, schrieb er der Freundin auf jenem undatierten Blatt. »Über die Zukunft sind wir eher Meister«, fuhr er fort, »wenn wir klug und gut sind. Ich habe keinen Argwohn mehr gegen dich, stoß mich nicht zurück und verdirb mir nicht die Stunden, die ich mit dir zubringen kann, denn sonst muß ich dich freylich meiden.« – Corona scheint des Freundes Bitten verstanden und akzeptiert zu haben.

Wir wissen nicht, was beide aufgaben, dagegen können, nein, müssen wir registrieren, daß beiden – trotz emotionaler Strauchelsteine auf ihrem Weg – in ihren Funktionen als Regisseur und Aktrice neben andern reizvoll-unterhaltsamen Einfällen und im produktiven Zusammenspiel ihrer Kräfte Inszenierungen gelangen die Coronas »erster Iphigenie« und Anna Amalias winziger Liebhaberbühne einen Hauch von Unsterblichkeit sicherten …

1. Montag
Wenn der schwer Gedrückte klagt:
Hülfe, Hoffnung sei versagt,
Bleibet heilsam fort und fort
Immer noch ein freundlich Wort.

2. Dienstag
Der Charakter ist eine psychische Gewohnheit, und seinem Charakter gemäß handeln, heißt seinen psychischen und geistigen Gewohnheiten gemäß handeln, denn diese sind allein bequem, und nur das Bequeme gehört uns eigentlich an.

3. Mittwoch
Die Geheimnisse der Lebenspfade darf und kann man nicht offenbaren; es gibt Steine des Anstoßes, über die ein jeder Wanderer stolpern muß. Der Poet aber deutet auf die Stelle hin.

4. Donnerstag
Vollkommen ist die Norm des Himmels,
Vollkommenes wollen die Norm des Menschen.

5. Freitag
In Kunst und Wissenschaft sowie im Tun und Handeln kommt alles darauf an, daß die Objekte rein aufgefaßt und ihrer Natur gemäß behandelt werden.

6. Samstag
Laß Neid und Mißgunst sich verzehren,
Das Gute werden sie nicht wehren.
Denn, Gott sei Dank! es ist ein alter Brauch;
Soweit die Sonne scheint, so weit erwärmt sie auch.

7. Sonntag

Wenn Gott ein so schlechter Nachbar wäre
Als ich bin und als du bist,
Wir hätten beide wenig Ehre;
Der läßt einen jeden, wie er ist.

8. Montag

In jedem Künstler liegt ein Keim von Verwegenheit, ohne den kein Talent denkbar ist.

9. Dienstag

Wie einer denkt, daran kann man sehn, was ihm fehlt. Die leersten Menschen halten sehr viel auf sich, treffliche sind mißtrauisch, der Lasterhafte ist frech, und der Gute ängstlich.

10. Mittwoch

Im Grunde bleibt kein Gegenstand unpoetisch, sobald der Dichter ihn gehörig zu gebrauchen weiß.

11. Donnerstag

Wie töricht man ist, andre nach sich zu berechnen.

12. Freitag

Wie einer ist, so ist sein Gott;
Darum ward Gott so oft zu Spott.

13. Samstag

Ja, schelte nur und fluche fort,
Es wird sich Bessres nie ergeben;
Denn Trost ist ein absurdes Wort:
Wer nicht verzweifeln kann, der muß nicht leben.

14. Sonntag

Entzieht euch dem verstorbenen Zeug,
Lebendges laßt uns lieben!

15. Montag

Man ist nur vielseitig, wenn man zum Höchsten strebt, weil man muß (im Ernst), und zum Geringern herabsteigt, wenn man will (zum Spaß).

16. Dienstag

Es ist eine Wonne, einen großen Mann zu sehen; aber es ist eine größere Wonne, ihn von Herzen und in der innersten Seele zu lieben.

17. Mittwoch

Und blüht der Weizen, so reift er auch,
Das ist immer so ein alter Brauch.
Und schlägt der Hagel die Ernte nieder,
's andre Jahr trägt der Boden wieder.

18. Donnerstag

Das Licht ist eine der ursprünglichsten, von Gott erschaffenen Kräfte und Tugenden.

19. Freitag

Doch überwiegt das Leben alles, wenn die Liebe in seiner Schale liegt.

20. Samstag · Frühlingsanfang

Du lachst mir, liebes Tal,
Und du, o reine Himmelssonne;
Erfüllst mich wiederum einmal
Mit aller süßen Frühlingswonne.

21. Sonntag

Hast du es so lange wie ich getrieben,
Versuche wie ich das Leben zu lieben.

22. Montag · Goethes Todestag (1832)

Wie ihr denkt oder denken sollt,
Geht mich nichts an;
Was ihr Guten, ihr Besten wollt,
Hab ich zum Teil getan.

23. Dienstag

Warum sollte man aber auch nicht des Versäumten gewahr werden, wenn des Gewonnenen und Genossenen so viel ist.

24. Mittwoch

Jeden, dem du selber gibst,
Wirst du wie dich selber lieben!

25. Donnerstag

In jeder Lebenslage wird eine bestimmte Tätigkeit von uns gefordert, und wir gelten nur für etwas, so wir den Bedürfnissen anderer auf eine regelmäßige und zuverlässige Weise entgegenkommen.

26. Freitag

Welcher Elende hat sich je satt geklagt?

27. Samstag

Das Rechte, das ich viel getan,
Das ficht mich nun nicht weiter an;
Aber das Falsche, das mir entschlüpft,
Wie ein Gespenst mir vor Augen hüpft.

28. Sonntag

Wie kommt's, daß man an jedem Orte
So viel Gutes, so viel Dummes hört?
Die Jüngsten wiederholen der Ältesten Worte,
Und glauben, daß es ihnen angehört.

29. Montag.

Es ist mit der Geschichte wie mit der Natur, wie mit allem Profunden, es sei vergangen, gegenwärtig oder zukünftig: je tiefer man ernstlich eindringt, desto schwierigere Probleme tun sich hervor. Wer sie nicht fürchtet, sondern kühn darauf losgeht, fühlt sich, indem er weiter gedeiht, höher gebildet und behaglicher.

30. Dienstag

Tausend Fliegen hatt ich am Abend erschlagen;
Doch weckte mich Eine beim frühen Tagen.

31. Mittwoch

Der geringste Mensch kann komplett sein, wenn er sich innerhalb der Grenzen seiner Fähigkeiten und Fertigkeiten bewegt.

»Verliebt ist fast niemand mehr«, murrte Carl August, und Anna Amalia, die Herzoginmutter, bis dahin unbedingt Mitte aller Aktivitäten, klagte, daß sie es müde sei, gegen die wachsende Trägheit ringsum anzugehen und »wie ein Fuhrmann den Karren wieder und wieder aus dem Kot zu ziehen«, und Goethe, überhäuft mit Problemen der Weimarer Finanzpolitik, sah sich 1782 gezwungen, die Leitung der Bühnengeschäfte niederzulegen. – Nach fast einem Jahrzehnt fröhlichster Spiellaune erlahmte der Eifer. Das Ensemble – diese kunterbunte Mischung aus mehr oder weniger begabten Dilettanten, diese Damen, Kanzleiräte, Dichter und Gelehrten, die so lässig-heiter ihre Bühne bevölkert hatten –, sie alle verloren sich wieder an ihre Alltagsgeschäfte.

Corona aber, der einzig bestallten Aktrice, schwand der Boden unter den Füßen. Dennoch scheint sie nicht in Versuchung geraten zu sein, sich an die Rolle der Schauspielerin zu klammern. Es wäre für sie doch wohl ein Leichtes gewesen, als Star in die Truppe des Joseph Bellomo überzuwechseln, die im Januar 1784, vom Herzog ermächtigt, als »professionals« den Weimarer Theaterbetrieb übernahmen. Doch selbst Berufungen berühmter Bühnen wie Gotha oder Mannheim wehrte sie ab. – »Wie schade«, schrieb Gotter, »daß ein solch seltenes Geschöpf ihre Bestimmung verfehlt hat – verfehlen will! Ist es Prüderie?«, fragt er weiter, »ist es das sogenannte ewige Brod (die feste Gage) am Hofe?« Oder waren es »die Stiche auf der Brust«, die die Künstlerin schon in den Jahren, als sie sich fröhlich von Herzog und Dichter umwerben ließ, ängstigten? Wir wissen es

nicht. Friederike Oeser meinte, Corona habe selbst in den frühen Leipziger Tagen nur zu ihrem Vergnügen vor einem kleinen Kreis geladener Freunde gespielt. Alles andere empfand sie als Degradation.

Gottlieb Martin Klauers Terrakotta »Amor füttert die Nachtigall«. 1784 zur Erinnerung an Coronas Spiel und Sang im Park zu Tiefurt aufgestellt.

Im Sockel Goethes Huldigung von 1782:

Philomele

Dich hat Amor gewiß, o Sängerin, fütternd erzogen,
Kindisch reichte der Gott dir mit dem Pfeile die Kost:
Schlürfend saugtest du Gift in die unschuldige Kehle,
Denn mit der Liebe Gewalt trifft Philomele das Herz.

Gelassen blieb Corona der Herzogin Mutter Vocalistin. Sie sang, freundschaftlich geladen, auch hin und wieder in Hillers Gewandhauskonzerten; sie gab Schauspielunterricht; sie edierte in zwei schmalen Heften, 1785 und noch einmal 1794, eigene Kompositionen: Lieder mit einfach-gefälligen Melodien. Als Oesers und Melchior Krausens dankbare Schülerin trieb sie ihre Mal- und Zeichenstudien weiter, und das, wie die wenigen erhaltenen Beispiele zeigen, mit Erfolg.

Unbeirrt von der Tatsache, daß sie nicht mehr strahlender, umworbener Mittelpunkt war, genoß sie fröhlich Weimars urbane Geselligkeit, war bei Herders oder Schillers zu Gast wie in Goethes Residenz am Frauenplan; sie traf Wieland; sie spielte mit Schiller, der mit ihr, wie er schrieb, »auf charmantestem Fuß stand«, Whist in der Mittwochsgesellschaft, einem dezidiert bürgerlichen Club. Kammerrat Ridel, Hofmedicus Hufeland, Verleger Bertuch gesellten sich häufig zu der Runde. Bei Charlotte von Kalb, für deren leichthin exaltiertes Herz Corona feierlich »Goethes Iphigenia« war und blieb, traf sie den jungen Jean Paul.

Ihre Liebe aber gehörte seit Mitte der achtziger Jahre, wenn auch – und das von beiden Seiten – diskret, in geradezu altjüngferlich-zimperlicher Verschämtheit, vor Hof, Nachbarn und Freunden verborgen, Hildebrand von Einsiedel, dem Hofmarschall der Herzoginmutter, der Corona durch die gemeinsame Theaterarbeit seit langem herzlich vertraut war. – Ein großer, mit den Jahren etwas schwerer Mann, Teint und Haare braun, die Augen dunkel und lebhaft, seine Manieren die eines geborenen Edelmanns: degagiert, liebenswürdig, auch

arrogant, von aller Welt als »l'ami« verzärtelt, vielseitig talentiert, doch ohne Disziplin und Konsequenz – ein Traumtänzer.
Eine Handvoll Briefe, vier von Corona, drei von Einsiedel haben sich erhalten: Liebesschwur und Liebesgeständnis ängstlich im Code mühsam erfundener Chiffren versteckt – schmachtend, sehnsüchtig, sentimental. Unerträglich fast Einsiedels Suada, Corona dagegen frischer, freier, direkter in Wunsch und Zuwendung. – Den ersten schrieb sie im September 1787, den letzten am 30. Mai 1802. –
Am 23. August starb sie, von Minna Probst umsorgt, in Ilmenau. – Ob Einsiedel um den Weg war, ist nicht zu erfahren …

Bleistiftskizze Goethes. Friedrich Hildebrand von Einsiedel-Scharfenstein, 1778 (?)

In Weimar hatten sie durch die Jahrzehnte am Markt, in Kaufmann Henningers Haus, gelebt; Corona eine, Einsiedel zwei Treppen hoch. – Durch ein Stockwerk getrennt, mit aller Akkuratesse die »Pas« ihres kuriosen Versteckspiels extemporierend. – »Nur ein einziges Mal«, erinnert sich 1839 die alte Frau Obermedizinalräthin von Froriep (einst Coronas kleine Schülerin), »nur ein einziges Mal will man von außen gesehen haben, daß die beiden hinter dem Fenstervorhang, der nicht völlig zugezogen war, sich geküßt haben!« – Keine Stimme aber verrät, wieviel Nähe, wieviel herzliches Vertrauen Corona und Einsiedel dennoch hinter ihren ein wenig närrisch aufgezogenen Barrieren und Stellwänden verband. Wir sehen nur, daß weder er noch sie den Mut aufbrachten, ihren Bund zu legitimieren und die Gemeinsamkeit der Ehe zu wagen. Corona kränkelte, und Einsiedel war hoffnungslos dem Glücksspiel verfallen. Das war – unausgesprochen – der bittere Kern seiner wortreichen Suaden. Sie resignierten.

Der du von dem Himmel bist
Alle Freud und Schmerzen stillest,
Den der doppelt elend ist
Doppelt mit Erquickung füllest.
Ach ich bin des Treibens müde!
Was soll all die Qual und Lust.
Süßer Friede,
Komm, ach komm in meine Brust!

Am Hang des Ettersberg
d. 12. Febr. 76
G:

Um 1801 zog sich Corona nach Ilmenau zurück, hoffend, in der frischen Waldluft Linderung für ihr »Brustübel« zu finden – diese unbekannte, unbenannte, heimtückisch-schleichende Tuberkulose, der sich Corona hilflos ausgeliefert sah. – Dann und wann wagte sie noch einen Besuch in Weimar oder Jena, doch an der ersten öffentlichen Aufführung der »Iphigenie«, am 15. Mai 1802 im Weimarer Hoftheater, konnte sie nicht mehr teilnehmen. – Betrübt gedenkt bei dieser Gelegenheit der Rezensent »des schön gemäßigten Spiels und der ernsten Grazie Coronas«, mit der sie zwanzig Jahre zuvor der dichterischen Figur Gestalt und Leben verliehen hatte.

Als sie wenige Monate später starb, ist Ludwig von Knebel empört, daß keiner der Weimarer Freunde an ihrem Grab stand, und er übernahm mit innerster Anteilnahme den Auftrag der jungen Prinzeß Caroline, die der Toten (obwohl sie Corona nie auf der Bühne erlebt hatte) einen »hübschen Leichenstein mit einer anständigen Inschrift« zu stiften wünschte. Sie legte eine Zeichnung bei: Schmetterling, Harfe, ein Lorbeerzweig und ein Tränenkrüglein sollten das Mal zieren.

Jahre danach, im August 1810, unterhielt sich, bei einem Badeaufenthalt in Teplitz, Alexander von der Marwitz mit Goethe über das Weimarer Theater. »Ich erinnerte ihn an Corona, und er sprach über sie, ihr Talent, ihre ausdrucksvolle Schönheit lang, aber ganz still, mit tiefer zurückgedrängter Rührung …«

Georg Melchior Kraus:
Corona und Goethe als Iphigenie und Orest in Goethes »Iphigenie auf Tauris« – »Schöne Nymphe … Entferne deinen Arm von meiner Brust!« III,1

1. Donnerstag

Ich habe nichts gegen die Frömmigkeit,
Sie ist zugleich Bequemlichkeit;
Wer ohne Frömmigkeit will leben,
Muß großer Mühe sich ergeben.

2. Freitag

Was wäre ich denn, wenn ich nicht immer mit klugen Leuten umgegangen wäre und von ihnen gelernt hätte? Nicht aus Büchern, sondern durch lebendigen Ideentausch, durch heitere Geselligkeit lernen wir.

3. Samstag

Der Seligkeit Fülle, die hab ich empfunden!
Die Schönheit besaß ich, sie hat mich gebunden;
Im Frühlingsgefolge trat herrlich sie an.

4. Palmsonntag

Die Ruhe der Seele ist ein herrliches Ding und die Freude an sich selbst. Wenn nur das Kleinod nicht eben so zerbrechlich wäre, als es schön und kostbar ist.

5. Montag

Niemals hört man mehr von Freiheit reden, als wenn eine Partei die andere unterjochen will.

6. Dienstag · Passah-Anfang

»Triebst du doch bald dies, bald das!
War es ernstlich, war es Spaß?«
Daß ich redlich mich beflissen,
Was auch werde, Gott mags wissen.

7. Mittwoch

Es ist so gewiß als wunderbar, daß Wahrheit und Irrtum aus einer Quelle entstehen; deswegen man oft dem Irrtum nicht schaden darf, weil man zugleich der Wahrheit schadet.

8. Gründonnerstag

Warum uns Gott so wohl gefällt?
Weil er sich uns nie in den Weg stellt.

9. Karfreitag

Ich halte den Glauben an die göttliche Liebe, die vor so viel hundert Jahren, unter dem Namen Jesus Christus, auf einem kleinen Stückchen Welt, eine kleine Zeit als Mensch herumzog, für den einzigen Grund meiner Seligkeit …

10. Karsamstag

Mit den Jahren steigern sich die Prüfungen.

11. Ostersonntag

Das holde Tal hat schon die Sonne wieder
Mit Frühlingsblüt- und Blumen angefüllt,
Die Nachtigall singt immer neue Lieder
dem Hochgefühl, das ihr entgegenquillt.
Erfreue dich der gottverliehnen Gaben!
Froh, wie er dich erschuf, will er dich haben.

12. Ostermontag

Dir frommt an jedem Ort, zu jeder Zeit:
Geradheit, Urteil und Verträglichkeit.

13. Dienstag · Passah-Ende

Den einzelnen Verkehrtheiten des Tages sollte man immer nur große weltgeschichtliche Massen entgegensetzen.

14. Mittwoch

Der Glaube ist ein häuslich heimlich Kapital, wie es öffentliche Spar- und Hülfskassen gibt, woraus man in Tagen der Not einzelnen ihr Bedürfnis reicht; hier nimmt der Gläubige sich seine Zinsen im stillen selbst.

15. Donnerstag

Hoffnung ist die zweite Seele der Unglücklichen.

16. Freitag

Es kommt nicht darauf an, daß die Freunde zusammenkommen, sondern darauf, daß sie übereinstimmen.

17. Samstag

Freiheit ist nichts als die Möglichkeit, unter allen Bedingungen das Vernünftige zu tun.

18. Sonntag

Mit den Menschen umzugehen,
Ist wahrlich keine große Last:
Sie werden dich recht gut verstehen,
Wenn du sie nur zum besten hast.

19. Montag

Eigenheiten, die werden schon haften;
Kultiviere deine Eigenschaften.

20. Dienstag

Sage mir, mit wem zu sprechen
Dir genehm, gemütlich ist;
Ohne mir den Kopf zu brechen,
Weiß ich deutlich, wie du bist.

21. Mittwoch

War die Henne zuerst? oder war das Ei vor der Henne? Wer dies Rätsel löst, schlichtet den Streit um den Gott.

22. Donnerstag

Liebe ist freiwillige Gabe,
Schmeichelei Huldigung.

23. Freitag

Die menschlichen Gaben sind fast in allen Zeiten gleich, aber die Zeiten sind ungleich.

24. Samstag

Du bist auf immer geborgen,
Das nimmt dir niemand wieder:
Zwei Freunde ohne Sorgen,
Weinbecher, Büchlein, Lieder.

25. Sonntag

Pfeiler, Säulen kann man brechen,
Aber nicht ein freies Herz:
Denn es lebt ein ewig Leben.
Es ist selbst der ganze Mann,
In ihm wirken Lust und Streben,
Die man nicht zermalmen kann.

26. Montag

Willst du nichts Unnützes kaufen,
Mußt du nicht auf den Jahrmarkt laufen.

27. Dienstag

Wenn man etwas vor sich bringen will, muß man sich knapp zusammennehmen und sich wenig um das kümmern, was andere tun.

28. Mittwoch

Jeder große Künstler reißt uns weg, steckt uns an.

29. Donnerstag

Wie oft gab ein einziger Gedanke ganzen Jahrhunderten eine andere Gestalt und drückten einzelne Menschen durch das, was von ihnen ausging, ihrem Zeitalter ein Gepräge auf, das noch in nachfolgenden Geschlechtern kenntlich blieb.

30. Freitag

Lasst mir die jungen Leute nur
Und ergetzt euch an ihren Gaben!
Es will doch Großmama Natur
Manchmal einen närrischen Einfall haben.

Anton Graff: Angelica Kauffmann. Silberstift

II. DIE MALERIN

STECKBRIEF

Wie beherzt in Reim und Prose
Redner, Dichter sich ergehn,
Soll des Lebens heitre Rose
Frisch auf Malertafel stehn,
Mit Geschwistern reich umgeben,
Mit des Herbstes Frucht umlegt,
Daß sie von geheimem Leben
Offenbaren Sinn erregt.

Tausendfach und schön entfließe
Form und Form aus deiner Hand,
Und im Menschenbild genieße,
daß ein Gott sich hergewandt ...

Künstler-Lied

Die Römer nannten sie den »Raphael unter den mahlenden Weibern«, den Kennern waren ihre Arbeiten Realisation zartester Empfindsamkeit; in Florenz, Rom oder Neapel reüssierte sie, wie sie im großen Stil durch fünfzehn Jahre in London reüssiert hatte. Die Großen dieser Welt drängelten, von ihr porträtiert zu werden; an den Wänden der Schlösser und Herrenhäuser von Petersburg bis Wien, in Dresden oder Madrid, in London und Berlin reihten sich Angelica Kauffmanns schön gedachte und schön gemalte Mythen und Historien, und im Römischen Carneval riefen die Narren »La Signora Angelica! La pittrice del secolo!!« Doch unabwendbar hefteten sich auch Mißgunst, Neid, böswilliger Klatsch –

sicherstes Indiz steigenden Erfolgs – an der Malerin Fersen. Auch der Schurke, verführerisch, smart, ein Weltmann, tauchte, in London, neben ihr auf; nannte sich Graf Horn, schmeichelte, lockte, dem Vater verheimlicht, die Schöne-Kluge-Spröde in einen Ehebund, überstürzt und im peinlich-peinigenden Versteck geschlossen. – Eine Schwindler-Hochzeit, die aber Angelica, rasch ernüchtert, unter großen finanziellen Opfern, bereits nach vier Monaten offiziell zu annullieren vermochte. – Der Bursche, zusätzlich der Bigamie überführt, worauf in England Todesstrafe stand, entkam. Angelica aber, verletzt und zutiefst erschreckt, verband sich im Juli 1781 mit Antonio Zucchi, fünfzehn Jahre älter als sie, Freund des Vaters, Maler aus Venedig, seit langem in London beschäftigt, nicht bedeutend, jedoch zuverlässig und genauer Kenner des Kunstmarkts. – Noch im gleichen Jahr kehrte das Paar, von Angelicas Vater begleitet, aus England nach Italien zurück.

Joh. Wolfgang Goethe: Italienische Küstenlandschaft bei Vollmond. Bleistift, Pinsel mit Tusche, 1787

Goethe, Rom, 7. 11. 1786 – Bey Angelica Kauffmann bin ich zweimal gewesen, sie ist gar angenehm und man bleibt gern bey ihr. – Den 5. Juli 1787 – Am Anfang der Woche konnt' ich's nicht absagen, hier und da zu essen. Nun wollen sie mich da und dorthin haben; ich lasse es vorübergehn und bleibe in meiner Stille. Moritz, einige Landsleute im Hause, ein wackerer Schweizer sind mein gewöhnlicher Umgang. Zu Angelica und Rat Reiffeinstein geh' ich auch; überall mit meiner nachdenklichen Art, und niemand ist, dem ich mich eröffnete. – Den 7. Dezember 1787 – Angelica ist gar lieb und gut, sie macht mich auf alle Weise zu ihrem Schuldner. Den Sonntag bringen wir gemeinsam zu, und in der Woche sehe ich sie abends einmal. Sie arbeitet so viel und so gut, daß man gar keinen Begriff hat, wie's möglich ist, und glaubt doch immer, sie mache nichts.

Im Gegensatz zum noblen Ambiente der Via Sistina am Pincio mit der Flucht der fünfzehn erlesen möblierten und dekorierten Zimmer, einer menage mit Diener und Köchin, mit Garten und eigenem Wagen, waren Angelica Kauffmanns Anfänge bescheiden. Simple Bleiben der Familie, im raschen Nacheinander, in Chur, Morbegno, Como. – »Zufällig« nur sei sie, wie sie gern betonte, während der Vater im Bischöflichen Schloß arbeitete, am 31. Oktober 1741 im Schweizerischen Chur zur Welt gekommen, betrachte jedoch, obwohl sie sich selten dort aufhielt, Schwarzenberg, Sitz der Kauffmanns, im Bregenzer Wald, als ihr angestammtes Zuhause, als ihr »vatterland«, Teil – bevor Napoleon die ererbten Ordnungen zerschlug – des Alten Reichs der Deutschen und Österreicher und für sie Hort einer

konservativ gestimmten Katholizität, an der sie festhielt, allerdings entschieden aufgelockert durch ihr lebhaftes Interesse an den pietistischen Strömungen im damaligen Graubünden, das Angelicas Augen auch für ihr zunächst fremde geistige Bezirke öffnete, bis hin zu Winckelmanns aufregend neuer Sicht griechischer Schönheit und der Formulierung seines klassizistischen Credos, dem sie dann mit jedem Pinselschlag zu folgen suchte.

Angelica Kauffmann: Johann Joachim Winckelmann, 1764. Leinwand

Entzückt vom Können der jungen Malerin, war Angelica ihrer Zeit das »Wunderkind« schlechthin. Diesen Topos vieler Künstler-Viten aber, so attraktiv wie vage, lehnt Bettina Baumgärtel vehement ab und zeigt dagegen in ihrer kritisch-klugen Studie zu Angelica Kauffmanns Kreativität, daß sie kein Wunderkind sei, jedoch in ihrer Schicht zu den Begünstigten zählte …
Sie war ein Einzelkind. Die Eltern, ambitioniert und auch beiderseits befähigt, förderten die Tochter, sie selbst unterrichtend und schulend, konsequent. – Zunächst die Einübung der Sprachen: Italienisch, Deutsch, dazu Englisch, Französisch und etwas Spanisch. Ebenso unablässig – wohl weithin, wie auch die Pflege der schönen, töchterlichen Musikalität, der Mutter überlassen – das »Training« im Artigen, Gefälligen: die Beherrschung des »decorums«. Eine Haltung, die Angelicas Wesen und Werk, positiv und negativ, durchtränkte, unerläßlich jedoch im Gefüge einer noch feudalen Welt, wo nur im persönlich-höflich-höfischen Kontakt die Arbeit, der Auftrag, der Gönner zu finden und zu halten war.
Eine Tatsache, für Angelica allgegenwärtig in der Situation des Vaters, eines Malers, nicht genial, eher ein Handwerker, der aber, erfahren und wendig, zu leisten vermochte, was man in Graubündens Kirchen und in den Häusern der Salis, Herren zwischen Chur und Como, brauchte. – Er restaurierte, dekorierte, freskierte, porträtierte. – Neben sich meist, von Station zu Station, die kleine Tochter, die in der Fron ernst und streng durchgehaltener Arbeit lernte, wie Farben zu reiben, zu mischen, wie Leinwand aufzuziehen, zu grundieren, wie Palette und Pinsel zu säubern sind. Sie lernte skiz-

Georg Melchior Kraus: Am Comer See. Kolorierte Radierung, 1779

zieren, zeichnen, kopieren, lernte mit Wasser-, mit Ölfarben umzugehen; lernte, dem Vater zur Hand gehend, an Altarblatt, Fresko, Porträt, jeden einfachen, jeden schwierigen Handgriff, erlernte unterschiedlichste Techniken. – Mit Dreizehn konterfeite sie sich selbst in zartblauer Rokokoseide und lieferte drei Jahre später mit den Apostelköpfen der Kirche zu Schwarzenberg ihr »Gesellenstück«. Sie überholte in der Gunst der Auftraggeber den Vater, konnte ihn sogar bereits finanziell unterstützen, wußte aber, daß das nicht genügte, daß sie weiter mußte, weiter wollte.

MAI

1. Samstag · Maifeiertag

Wie herrlich leuchtet
Mir die Natur!
Wie glänzt die Sonne!
Wie lacht die Flur!

Es dringen Blüten
Aus jedem Zweig
Und tausend Stimmen
Aus dem Gesträuch

Und Freud und Wonne
Aus jeder Brust.
O Erd, o Sonne!
O Glück, o Lust!

2. Sonntag

Willst lustig leben,
Geh mit zwei Säcken,
Einen zum Geben,
Einen um einzustecken.

3. Montag

Wer den Geist der Gierigkeit hat, er lebt nur in Sorgen, niemand sättiget ihn.

4. Dienstag

Hälts der Jäger mit dem Fuchse,
Ists unmöglich, ihn zu fangen.

5. Mittwoch

Hoffnung beschwingt Gedanken – Liebe Hoffnung.

6. Donnerstag

Der Mensch gewöhne sich, täglich in der Bibel oder im Homer zu lesen, oder Medaillen oder schöne Bilder anzuschaun oder gute Musik zu hören. Aber es muß etwas Treffliches, Würdiges sein, damit ihm stets und in jeder Lage der Respekt dafür bleibe.

7. Freitag

Mit Kleinen tut man kleine Taten, mit Großen wird der Kleine groß.

8. Samstag

Wohl unglücklich ist der Mann,
Der unterläßt das, was er kann,
Und unterfängt sich, was er nicht versteht;
Kein Wunder, daß er zugrunde geht.

9. Sonntag

Greift nur hinein ins volle Menschenleben!
Ein jeder lebts, nicht vielen ists bekannt.
Und wo Ihrs packt, da ists interessant.

10. Montag

Man könnte erzogene Kinder gebären,
Wenn die Eltern erzogen wären.

11. Dienstag

Charakter ist Eigenschaft und Gewohnheit zugleich.

12. Mittwoch

Die schönen Frauen, jung und alt
Sind nicht gemacht, sich abzuhärmen;
Und sind einmal die edlen Helden kalt,
So kann man sich an Schluckern wärmen.

13. Donnerstag

Es gibt keine patriotische Kunst und keine patriotische Wissenschaft. Beide gehören, wie alles hohe Gute, der ganzen Welt an und können nur durch Rücksicht auf das, was uns vom Vergangenen übrig und bekannt ist, gefördert werden.

14. Freitag

Der Müller denkt, es wachse kein Weizen, als damit seine Mühle gehe.

15. Samstag

Einbildung und Gegenwart verhalten sich wie Poesie und Prosa, jene wird die Gegenstände mächtig und steil denken, diese sich immer in die Fläche verbreiten.

16. Sonntag

Ich wandle auf weiter, bunter Flur
Ursprünglicher Natur;
Ein holder Born, in welchem ich bade,
Ist Überlieferung, ist Gnade.

17. Montag

Wer dem Publikum dient, ist ein armes Tier;
Er quält sich ab, niemand bedankt sich dafür.

18. Dienstag

Wie viel Ursache hat man, in diesen Zeiten alle Tugenden, besonders aber die Tugend der Unparteilichkeit und Verträglichkeit zu üben.

19. Mittwoch

Wüchsen die Kinder in der Art fort, wie sie sich andeuten, so hätten wir lauter Genies.

20. Donnerstag

Göttlich heißt den Leuten nur der, der sie gewähren läßt, wie ein jeder Lust hat.

21. Freitag

Wer nicht die Welt in seinen Freunden sieht,
Verdient nicht, daß die Welt von ihm erfahre.

22. Samstag

Was fragst du viel: Wo wills hinaus?
Wo oder wie kanns enden?
Ich dachte, Freund, du bliebst zu Haus
Und sprächst mit deinen Wänden.

23. Sonntag

So im Kleinen ewig wie im Großen
Wirkt Natur, wirkt Menschengeist, und beide
Sind ein Abglanz jenes Urlichts droben,
Das unsichtbar alle Welt erleuchtet.

24. Montag

»Nein! heut ist mir das Glück erbost!«
Du, sattle gut und reite getrost.

25. Dienstag

Wem die Welt nicht unmittelbar eröffnet, was sie für ein Verhältnis zu ihm hat, wem sein Herz nicht sagt, was er sich und andern schuldig ist, der wird es wohl schwerlich aus Büchern erfahren.

26. Mittwoch · Jüdisches Wochenfest

Aus der Ferne ist schwer raten!

27. Donnerstag

Wo Anmaßung mir wohlgefällt?
An Kindern: denen gehört die Welt.

28. Freitag

Zu der Zeit liebt sich's am besten, wenn man noch denkt, daß man allein liebt und noch kein Mensch so geliebt hat und lieben werde.

29. Samstag

Was wir von der Natur sehen, ist Kraft, die Kraft verschlingt; nichts gegenwärtig, alles vorübergehend, tausend Keime zertreten, jeden Augenblick tausend geboren, alles mit gleichem Recht nebeneinander existierend.

30. Pfingsten

Mit vollen Atemzügen
Saug ich Natur aus dir,
Ein schmerzliches Vergnügen.
Wie lebt
Wie bebt
Wie strebt
Das Herz in mir!
Freundlich begleiten
Mich Lüftlein gelinde,
Flohene Freuden
Ach! säuseln im Winde,
Fassen die bebende
Strebende
Brust.
Himmlische Zeiten!
Ach! wie so geschwinde
Dämmert und blicket
Und schwindet die Lust!

31. Pfingstmontag

Laß uns einander zur Freude leben.

Als weibliches Wesen war sie, eine der ärgerlichen Schranken damaliger weiblicher Kunsterziehung, rigoros vom Unterricht in Schulen und Akademien ausgeschlossen, und das Aktzeichnen vor dem lebenden Modell war mit striktem Tabu belegt, das nur unter größten Schwierigkeiten zu umgehen war. Nachhaltig ein Handicap für die Künstlerin, die das »Historienbild« wollte: die Schilderung lebhaft bewegter und zart gefühlter Szenen geschichtlichen oder mythologischen Inhalts.

Ihr blieb nur die Methode des Kopierens. Vom Vater begleitet, ließ sie sich in den Sammlungen von Mailand und Florenz, von Rom und Neapel vor den Originalen der Meister nieder und versuchte, kopierend und wieder kopierend, das Geheimnis großer Kunst zu erfassen. Erfolg begleitete sie. Ihr Name nahm zu an Klang und Farbe. Die Akademien, die ihr die Teilnahme an allen Unterrichtsmöglichkeiten verweigerten, erwählten sie zum Ehrenmitglied, und im April 1764 ließ ein Kenner wie Caspar Füßli sich, wie Winckelmann schreibt, »von der geschickten Hand eines schönen deutschen Mädchens zu Rom in Öl malen«. – Am 13. Juli 1764 war, nach Carl Justi, »das Bild geendigt«. Der Preis dreißig Zechinen. – »Eine seltene Person« nannte nachdenklich der große Gelehrte das junge Geschöpf und erklärte weiter, sie könne schön heißen und sänge mit den besten römischen Virtuosen um die Wette …

Goethe, Rom 19. 2. 1787 – Ich habe Iphigenie der Angelica vorgelesen und freue mich sehr über die gute Art, wie sie das Gedicht empfand. Sie ist eine treffliche zarte, kluge Frau, meine beste Bekanntschaft hier in Rom. – Den 9. 2. 1788 – Mit Angelica ist's eine große Freude, Kunstsachen zu sehen. – Gestern, den 16. 7. 1787, war ich mit ihr in der Farnesina, wo die Fabel der Psyche gemalt ist; am 29. Juli im Palast Rondanini … Meduse – Nur den Begriff zu haben, daß so etwas in der Welt ist, daß so etwas zu machen möglich war, macht einen zum doppelten Menschen. – Castel Gandol-

J. H. W. Tischbein: Goethe am Fenster seiner römischen Wohnung am Corso. Aquarell, 1787

fo, 8. 10. 1787 – Angelica ist auch hier und wohnt in der Nähe. Die Gesellschaft ist lustig, und es gibt immer was zu lachen. – Den 12. Oktober 1787 – Noch vierzehn Tage bleibe ich wohl hier und treibe das Badeleben. Morgens zeichne ich, dann gibt's Menschen auf Menschen. Es ist mir lieb, daß ich sie beisammen sehe, einzeln wäre es eine große Sekkatur. Angelica hilft alles ertragen.

Geschult, erfahren und selbst lebhaft interessiert an Theorie und Experiment, war sie zudem bereit, Goethes Farbstudien zu teilen. Und sie, »deren Freundschaft und Freundlichkeit« ihm, wie er sagte, »schon immer in solchen Fällen entgegen gekommen war«, malte, um ihm etwa die »Ohnmacht im Blauen« zu demonstrieren, mit flinkem Pinsel, ein Bild Grau in Grau und ein nächstes Mal eine kleine Landschaft ganz ohne Blau. – Es seien hübsche Zeiten gewesen, damals in Rom, gestand 1828 der Uralte einer jungen Freundin. Ein Leben mit strebenden Menschen – mit den Hausgenossen am Corso, Künstlerburschen, wie er mit seinen vierzig Jahren noch einmal einer zu sein versuchte – doch auch mit Angelica und Reiffenstein. – Und dazu der Blick vom Kapitol zum Campo vaccino, zum Forum, zu den Ruinen – wenn dann die Sonne unterging, wurden die Steine röter, die Bäume grüner und die Berge violett.

Und Tischbein erinnert Goethe im Februar 1817, daß es doch ein wahrer Schmaus gewesen sei, wenn sie bei der Angelica des Sonntags waren und beim Kaffeetrinken deren ausgesuchte alte Bilder besahen »und Sie des Abend Ihre Iphigenie vorlasen. – Das einzige Mal, daß ich habe Lesen hören, daß es in mich gedrungen ist und noch oft tönt in mir …«

Goethe aber berichtet im Februar 1787, daß er einer nochmaligen Vorlesung der »Iphigenie« nicht habe entgehen können:

Madame Angelica und Hofrat Reiffenstein waren die Zuhörer und selbst Herr Zucchi hatte darauf gedrungen. – Die zarte Seele Angelica nahm das Stück mit unglaublicher Innigkeit und hat nun den Augenblick zu zeichnen begonnen, da sich Orest in der Nähe der Schwester und des Freundes wiederfindet. Der Gedanke ist sehr glücklich. Das, was die drei Personen hintereinander sprechen, hat sie in eine gleichzeitige Gruppe gebracht, und jene Worte in Gebärden verwandelt. Man sieht auch hieran, wie zart sie fühlt und wie sie sich anzueignen weiß, was in ihr Fach gehört. Und es ist wirklich die Achse des Stücks.

Angelica Kauffmann: »Seyd ihr auch schon herabgekommen?« Zu Goethes Iphigenie III,3, V. 1310. Kohle, 1787

EIN FEST FÜR ANGELICA

Goethe in Rom, Juli 1787 – Angelica kam nie [ein Irrtum Goethes] ins Theater, wir untersuchten nicht, aus welcher Ursache; aber da wir als leidenschaftliche Bühnenfreunde in ihrer Gegenwart die Anmut und Gewandtheit der Sänger sowie die Wirksamkeit der Musik unseres Cimarosa nicht genugsam zu rühmen wußten und nichts sehnlicher wünschten, als sie solcher Genüsse teilhaftig zu machen, so ergab sich eins aus dem andern, daß nämlich unsere jungen Leute, besonders Bury, der mit den Sängern und Musikverwandten in dem besten Vernehmen stand, es dahin brachte, daß diese sich in heiterer Gesinnung erboten, auch vor uns, ihren leidenschaftlichen Freunden und entschieden Beifall Gebenden gelegentlich einmal in unserm Saal Musik machen und singen zu wollen. Dergleichen Vorhaben, öfters besprochen, vorgeschlagen und verzögert, gelangte doch endlich nach dem Wunsch der jüngern Teilnehmer zur fröhlichen Wirklichkeit.

Konzertmeister Kranz, ein geübter Violinist, in Herzoglich Weimarischen Diensten, der sich in Italien auszubilden Urlaub hatte, gab zuletzt durch seine unvermutete Ankunft eine baldige Entscheidung. Sein Talent legte sich auf die Waage der Musiklustigen, und wir sahen uns in den Fall versetzt, Madam Angelica, ihren Gemahl, Herrn Reiffenstein, die Herren Jenkins, Volpato und wem wir sonst eine Artigkeit schuldig waren, zu einem anständigen Fest einladen zu können. Juden und Tapezierer hatten den Saal geschmückt, der nächste Kaffeewirt die Erfrischungen übernommen, und so ward ein glänzendes Konzert aufgeführt in der schönsten Sommernacht, wo sich große Massen von

Menschen unter den Fenstern versammelten und, als wären sie im Theater gegenwärtig, die Gesänge gehörig beklatschten.

Ja, was das Auffallendste war, ein großer mit einem Orchester von Musikfreunden besetzter Gesellschaftswagen, der soeben durch die nächtliche Stadt seine Lustrunde zu machen beliebte, hielt unter unsern Fenstern stille, und nachdem er den obern Bemühungen lebhaften Beifall geschenkt hatte, ließ sich eine wackre Baßstimme vernehmen, die eine der beliebtesten Arien eben der Oper, welche wir stückweise vorgetragen, von allen Instrumenten begleitet, hinzugesellte. Wir erwiderten den vollsten Beifall, das Volk klatschte mit drein, und jedermann versicherte, an so mancher Nachtlust, niemals aber an einer so vollkommenen, zufällig gelungenen teilgenommen zu haben.

Freilich, hätte ein dergleichen Fest sollen mit barem Gelde geleistet werden, so würde dasjenige, was hier von Künstlern Künstlern zuliebe geschah und mit mäßigem Aufwand zur Aufführung zu bringen war, bedeutende Kosten verursacht haben.

JUNI

1. Dienstag

Nachdem einer ringt,
Also ihm gelingt,
Wenn Manneskraft und Hab
Ihm Gott zum Willen gab.

2. Mittwoch

Es kommt nur immer darauf an, daß derjenige, von dem wir lernen wollen, unserer Natur gemäß sei.

3. Donnerstag

Grenzenlose Lebenspein
Fast, fast erdrückt sie mich!
Das wollen alle Herren sein,
Und keiner ist Herr von sich.

4. Freitag

Wir begegnen so oft dem Geistreichen, ohne uns mit ihm zu unterhalten, dem Gelehrten, ohne von ihm zu lernen, dem Gereisten, ohne uns zu unterrichten, dem Liebevollen, ohne ihm etwas Angenehmes zu erzeigen!

5. Samstag

Laß dich nur in keiner Zeit
Zum Widerspruch verleiten.
Weise fallen in Unwissenheit
Wenn sie mit Unwissenden streiten.

6. Sonntag

All unser redlichstes Bemühn
Glückt nur im unbewußten Momente.
Wie möchte denn die Rose blühn,
Wenn sie der Sonne Herrlichkeit erkennte!

7. Montag

Der Mensch ist ein einfaches Wesen. Und wie reich, mannigfaltig und unergründlich er auch sein mag, so ist doch der Kreis seiner Zustände bald durchlaufen.

8. Dienstag

Du treibst mirs gar zu toll,
Ich fürcht, es breche!
Nicht jeden Wochenschluß
Macht Gott die Zeche.

9. Mittwoch

Viel Rettungsmittel bietest du! was heißts?
Die beste Rettung: Gegenwart des Geistes!

10. Donnerstag · Fronleichnam

Die Vollendung des Kunstwerks in sich selbst ist die ewige unerläßliche Forderung!

11. Freitag

»Meinst du denn alles, was du sagst?«
Meinst du denn ernstlich was du fragst?
Wen kümmert's, was ich meine und sage:
Denn alles Meinen ist nur eine Frage.

12. Samstag

Sobald man in Gesellschaft, nimmt man vom Herzen den Schlüssel ab und steckt ihn in die Tasche.

13. Sonntag

Was gibt uns wohl den schönsten Frieden,
Als frei am eignen Glück zu schmieden?

14. Montag

Jeder Mensch ist beschränkt genug, den andern zu seinem Ebenbild erziehen zu wollen. Glücklich sind diejenigen daher, deren sich das Schicksal annimmt, das jeden nach seiner Weise erzieht!

15. Dienstag

Das Urteil der Menge bedarf immer einer hohen reinen Leitung.

16. Mittwoch

Unsere Hoffnungen und Wünsche sind von so kindischer Natur, daß ihnen Mögliches und Unmögliches beides von einer Art zu sein scheint.

17. Donnerstag

Wie etwas sei leicht,
Weiß der es erfunden und der es erreicht.

18. Freitag

Wer geboten in bösten Tagen,
Dem werden selbst die bösen behagen.

19. Samstag

Suche nicht vergebne Heilung!
Unsrer Krankheit schwer Geheimnis
Schwankt zwischen Übereilung
Und zwischen Versäumnis.

20. Sonntag

Wenn die Sonne sich verkündet,
Rosenknospe sich entzündet,
Wer mag solches Glück entbehren?
Das Versprechen, das Gewähren,
Das beherrscht in Florens Reich
Blick und Sinn und Herz zugleich.

21. Montag · Sommeranfang

Der Mensch ist als wirklich in die Mitte einer wirklichen Welt gesetzt und mit solchen Organen begabt, daß er das Wirkliche und nebenbei das Mögliche erkennen und hervorbringen kann.

22. Dienstag

Du bist sehr eilig, meiner Treu!
Du suchst die Tür und läufst vorbei.

23. Mittwoch

Schweigen bringet Fülle reicheren Vertrauens zurück.

24. Donnerstag

Größere Menschen haben nur ein größeres Volumen; Tugenden und Fehler haben sie mit den mindesten gemein, nur in größerer Quantität. Das Verhältnis kann dasselbe sein.

25. Freitag

»Wo ist der Lehrer, dem man glaubt?«
Tu, was dir dein kleines Gemüt erlaubt.

26. Samstag

Nur Heiterkeit und grader Sinn
Verschafft dir endlichen Gewinn.

27. Sonntag

Gutes tu rein aus des Guten Liebe!
Das überliefre deinem Blut;
Und wenn's den Kindern nicht verbliebe,
Den Enkeln kommt es doch zugut.

28. Montag

Die Kunst kann niemand fördern als der Meister. Gönner fördern den Künstler, das ist recht und gut; aber dadurch wird nicht immer die Kunst gefördert.

29. Dienstag

Denkt man, wieviel Menschen man gesehen, gekannt und gesteht sich, wie wenig wir ihnen, wie wenig sie uns gewesen, wie wird uns da zumute!

30. Mittwoch

Kein tolleres Versehn kann sein,
Gibst einem ein Fest und lädst ihn nicht ein.

Goethe, Rom, 18. 8. 1787 – Mit der guten Angelica war ich sonntags die Gemälde des Prinzen Aldobrandini, besonders einen trefflichen Leonardo da Vinci zu sehen. – Angelica ist nicht glücklich, wie sie es zu sein verdiente, bei dem wirklich großen Talent und bei dem Vermögen, das sich täglich mehrt. Sie ist es müde, auf den Verkauf zu malen, und doch findet ihr alter Gatte es gar zu schön, daß so schweres Geld für oft leichte Arbeit einkommt. Sie möchte nun sich selbst zur Freude, mit mehr Muße, Sorgfalt und Studium arbeiten und könnte es. Sie haben keine Kinder, können ihre Interessen nicht verzehren, und sie verdient täglich auch mit mäßiger Arbeit noch hinzu. Das ist nun aber nicht und wird nicht. Sie spricht sehr aufrichtig mit mir, ich hab' ihr meine Meinung gesagt, hab' ihr meinen Rat gegeben, und muntre sie auf, wenn ich bei ihr bin.
Man rede von Mangel und Unglück, wenn die, welche genug besitzen, es nicht brauchen und genießen können! Sie hat ein unglaubliches und als Weib wirklich ungeheures Talent. Man muß sehen und schätzen, was sie macht, nicht das, was sie zurückläßt. Wie vieler Künstler Arbeiten halten Stich, wenn man rechnen will, was fehlt.
Angelica, sensibel, doch auch skeptisch und nüchtern, nahm durchaus wahr, daß die Begabten unter den Jüngeren – etwa ein Jacques-Louis David oder Jakob Asmus Carstens, beide Klassizisten wie sie – Winckelmanns Credo härter, kühner, revolutionär formulierten, und sie spürte, daß unter den heftigen Stößen dieser neuen künstlerischen Forderungen ihr Ruhm, bis dahin von ungewöhnlicher Stabilität, dahinzuschwinden

drohte. – »Comme stà madama Angelica?«, fragte Anfang der neunziger Jahre Canova, ein Freund, und ergänzte hämisch: »Qui non è piu tanto alla moda?« Empört wehrten Angelicas Freunde jede Tendenz zur Verkleinerung und Herabsetzung ihres Idols ab. Sie liebten die hinschmelzende, sanft-schmerzliche Schönheit ihrer Bilderfindungen, bewunderten vielleicht noch mehr den Ruf ihrer makellosen Tugendhaftigkeit, ihre Güte, ihr Herz. Eine Art säkularisierte »Heiligsprechung« schon zu Lebzeiten verdrängte mehr und mehr die künstlerische Diskussion. Eine Erhöhung ins Unantastbare. Zugleich aber auch, wie Bettina Baumgärtel nachweist, Ausdruck eines heimlichen Antifeminismus, dem die »Heilige« genehmer war als die »Kollegin«. – Karl Ludwig Fernow, Carstens leidenschaftlicher Fürsprecher, stellte sogar Angelicas Verdienste entschieden in Frage und hatte nur Spott und Hohn für Herders hingerissene Bewunderung der Malerin übrig, »dieses seltnen jungfräulichen Kunstwesens«, dieser »tief ver-

J.W. Goethe: Blick zur Villa Borghese in Rom.
Bleistift mit Tusche, 1787

Angelica Kauffmann: Johann Wolfgang von Goethe. Öl auf Leinwand, 1787/88

borgenen Perle«, dieser »vielleicht kultiviertesten Frau in Europa ...«

Und selbst Goethe, der Angelica fast ebenso, wenn auch sachlicher akzentuiert, ergeben war wie Herder, berichtet im Juni 1787 nach Weimar: »Angelica malt mich auch, daraus wird aber nichts. Es verdrießt sie sehr, daß es nicht gleichen und werden will. Es ist immer ein hübscher Bursche, aber keine Spur von mir.« – Instinktiv habe sich, meint Nicholas Boyle, der Dichter mit diesem barschen Urteil »von dem Gefühlsgehalt« des Porträts distanziert. – Das war wieder »Werther«, war der empfindsame junge Mann, war, wie Herder sagte, »sehr zart ergriffen, doch zarter als Goethe ist«. War, wie er richtig diagnostizierte, ein Goethe, »wie Angelica ihn sich so zart dachte«, war der Freund, dem sie »in Reinheit« – in welchem platonischen Himmel auch immer – anzugehören hoffte: Schwester, Muse, »Iphigenie«, an deren heilendem Blick Orest sich wiederfände. – War, wie Goethe nur zu deutlich erkannte, Spiegel jener Seelenlage, geknüpft aus Verlangen und Entsagung, spiegelte jene zehrende Innerlichkeit, ähnelte bedrohlich den Forderungen seiner Charlottenliebe, aus deren erstickendem Zauberring er sich, mühsam genug, zu lösen versuchte. Er floh nach Italien. – Schon das mildere Klima, der hellere Himmel, die reich instrumentierte Schönheit des Landes schienen ihm Wohltat, Befreiung, Bestätigung. Das Treiben des Volkes, dieses »Schreyen, Balgen, Singen, Schäkern den ganzen Tag«, belustigte ihn. Er schlenderte durch die bunt belebten Straßen, bummelte über die noblen Plätze, verzehrte genüßlich, eben gekauft, im Schatten des Obelisken Trauben, freiweg aus der Hand.

Und er trifft – in den Römischen Elegien ist es nachzulesen – in der simplen Osteria Faustina »ein bräunliches Mädchen, die Haare fielen ihr dunkel und reich über die Stirne herab. Und ich verkannte sie nicht, ergriff die Eilende, lieblich gab sie Umarmung und Kuß mir gelehrig zurück.«
Entspannt und gelöst sprechen nun die Verse von den »Freuden des nackenden Amors«. Verbannt ist alle flackernde Unruhe, verbannt Entsagung und Sehnsucht. – »Die kimerischen Vorstellungen und Denkweisen«, die das Porträt suggerierte, das Angelica malte und ihr Dichter vehement ablehnte, versanken, blieben, was sie waren, ein Gespinst aus irrealen Träumen und vergeblichen Hoffnungen.
»Faustina« aber war Gegenwart, war Leben. Aufatmend spürt Goethe, wie sich die Summe seiner Kräfte zusammenschließt, *oder, wie er späterhin lässig-souverän schrieb: »Das bisher beengte, beängstigte Naturkind schnappte in seiner ganzen Losheit wieder nach Luft.«*

Liebesqual verschmäht mein Herz,
Sanften Jammer, süßen Schmerz;
Nur vom Tücht'gen will ich wissen,
Heißem Äuglein, derben Küssen.
Sei ein armer Hund erfrischt
Von der Lust, mit Pein gemischt!
Mädchen gib der frischen Brust
Nichts von Pein, und alle Lust.

Frech und Froh, um 1788

1. Donnerstag

Denk an die Menschen nicht,
Denk an die Sachen!

2. Freitag

Wer aus großen Absichten fehlgreift, handelt immer lobenswürdiger, als wer dasjenige tut, was nur kleinen Absichten gemäß ist. Man kann auf dem rechten Wege irren und auf dem falschen recht gehen.

3. Samstag

Der Dichter freut sich am Talent,
An schöner Geistesgabe;
Doch wann's ihm auf die Nägel brennt,
Begehrt er irdischer Habe.
Mit Recht soll der reale Witz
Urenkeln sich erneuern,
Es ist ein irdischer Besitz,
Muß ich ihn doch versteuern!

4. Sonntag

Den rechten Lebensfaden
Spinnt einer, der lebt und leben läßt;
Er drille zu, er zwirne fest,
Der liebe Gott wird weisen.

5. Montag

Wer Ohren hat, soll hören;
Wer Geld hat, solls verzehren.

6. Dienstag

Vollkommenheit ist schon da, wenn das Notwendige geleistet wird,
Schönheit, wenn das Notwendige geleistet, doch verborgen ist.

7. Mittwoch

Ein bedeutend ernst Geschick
Waltet übers Leben,
Denn es nimmt der Augenblick,
Was die Jahre geben.

8. Donnerstag

Gegenwart des Herrn
Mehrt jedes Gute, steuert möglichen Verlust.

9. Freitag

Wenn ein Edler gegen dich fehlt,
So tu, als hättest dus nicht gezählt;
Er wird es in sein Schuldbuch schreiben
Und dir nicht lange im Debet bleiben.

10. Samstag

Fürchterlich ist einer, der nichts zu verlieren hat.

11. Sonntag

Der Gotteserde lichten Saal
Verdüstern sie zum Jammertal;
Daran entdecken wir geschwind,
Wie jämmerlich sie selber sind.

12. Montag

Was uns gefällt und scheinet fein,
Muß erst mit Müh erworben sein.

13. Dienstag

Man kann nicht immer zusammenstehn,
Am wenigsten mit großen Haufen.
Seine Freunde, die läßt man gehn,
Die Menge läßt man laufen.

14. Mittwoch

Die meisten verarbeiten den größten Teil der Zeit, um zu leben, und das bißchen, das ihnen von Freiheit übrig bleibt, ängstigt sie so, daß sie alle Mittel aufsuchen, um es loszuwerden.

15. Donnerstag

Jeder Weg zum rechten Zwecke
Ist auch recht in jeder Strecke.

16. Freitag

Das junge Volk, es bildet sich ein,
Sein Tauftag sollte der Schöpfungstag sein.

17. Samstag

Mein Erbteil, wie herrlich, weit und breit!
Die Zeit ist mein Besitz, mein Acker ist die Zeit.

18. Sonntag

Zart Gedicht, wie Regenbogen,
Wird nur am dunklen Grund gezogen;
Darum behagt dem Dichtergenie
Das Element der Melancholie.

19. Montag

Man tut nicht wohl, sich allzulange im Abstrakten aufzuhalten.

20. Dienstag

Schwer ist alle Erkenntnis.

21. Mittwoch

Übers Niederträchtige
Niemand sich beklage;
Denn es ist das Mächtige,
Was man dir auch sage.

22. Donnerstag

Wer sich der Liebe vertraut, hält er sein Leben zu Rat?

23. Freitag

Denn es ziemt, des Tags Vollendung
Mit Genießern zu genießen.

24. Samstag

Wenn einer schiffet und reiset,
Sammelt er nach und nach immer ein,
Was sich am Leben, mit mancher Pein,
Wieder ausschälet und weiset.

25. Sonntag

Efeu und ein zärtlich Gemüt
Heftet sich an und grünt und blüht.
Kann es weder Stamm noch Mauer finden,
Es muß verdorren, es muß verschwinden.

26. Montag

Der Mensch ist niemals ganz Herr von sich selbst. Da er die Zukunft nicht weiß, da ihm sogar der nächste Augenblick verborgen ist; so hat er oft, mit unwillkürlichen Empfindungen, Ahnungen zu kämpfen, die im Augenblick der Entscheidung höchst beschwerlich sind.

27. Dienstag

Du trägst sehr leicht, wenn du nichts hast;
Aber Reichtum ist eine leichtere Last.

28. Mittwoch

L'amour est un vrai recommenceur.

29. Donnerstag

Andere zu kennen, das mußt du probieren,
Ihnen zu schmeicheln oder sie zu vexieren.

30. Freitag

Ein ausgesprochenes Wort fordert sich selbst wieder.

31. Samstag

Ohne Umschweife
Begreife,
Was dich mit der Welt entzweit;
Nicht will sie Gemüt, will Höflichkeit.

Auf eine besonders feierliche Weise sollte jedoch mein Abschied aus Rom vorbereitet werden; drei Nächte vorher stand der volle Mond am klarsten Himmel, und ein Zauber, der sich dadurch über die ungeheure Stadt verbreitet, so oft empfunden, ward nun aufs eindringlichste fühlbar. Die großen Lichtmassen, klar, wie von einem milden Tag beleuchtet, mit ihren Gegensätzen von tiefen Schatten, durch Reflex manchmal erhellt, zur Ahnung des Einzelnen, setzen uns in einen Zustand wie von einer andern, einfachern, größern Welt. Nach zerstreuenden, mitunter peinlich zugebrachten Tagen machte ich den Umgang mit wenigen Freunden einmal ganz allein. Nachdem ich den langen Corso, wohl zum letztenmal, durchwandert hatte, bestieg ich das Kapitol, das wie ein Feenpalast in der Wüste dastand. Die Statue Marc Aurels rief den Kommandeur in »Don

Das Colosseum

Juan« zur Erinnerung und gab dem Wanderer zu verstehen, daß er etwas Ungewöhnliches unternehme. Dessen ungeachtet ging ich die hintere Treppe hinab. Ganz finster, finstern Schatten werfend, stand mir der Triumphbogen des Septimus Severus entgegen; in der Einsamkeit der Via Sacra erschienen die sonst so bekannten Gegenstände fremdartig und geisterhaft. Als ich aber den erhabenen Resten des Colosseums mich näherte und in dessen verschlossenes Innere durchs Gitter hineinsah, darf ich nicht leugnen, daß mich ein Schauer überfiel und meine Rückkehr beschleunigte.

Alles Massenhafte macht einen eignen Eindruck zugleich erhaben als faßlich, und in solchen Umgängen zog sich gleichsam ein unübersehbares Summa Summarum meines ganzes Aufenthaltes. Dieses, in aufgeregter Seele tief und groß empfunden, erregte eine Stimmung, die ich heroisch-elegisch nennen darf, woraus sich in poetischer Form eine Elegie zusammenbilden wollte.

Und wie sollte mir gerade in solchen Augenblicken Ovids Elegie nicht ins Gedächtnis zurückkehren, der, auch verbannt, in einer Mondnacht Rom verlassen sollte. »Cum repeto noctem!« seine Rückerinnerung, weit hinten am Schwarzen Meer, im trauer- und jammervollen Zustande, kam mir nicht aus dem Sinn, ich wiederholte das Gedicht, das mir teilweise genau im Gedächtnis hervorstieg, aber mich wirklich an eigner Produktion irre werden ließ und hinderte; die auch, später unternommen, niemals zustande kommen konnte.

Wandelt von jener Nacht mir das traurige Bild vor die Seele,
Welche die letzte für mich ward in der römischen Stadt,
Wiederhol ich die Nacht, wo des Teuren so viel mir zurückblieb,
Gleitet vom Auge mir noch jetzt eine Träne herab.
Und schon ruhten bereits die Stimmen der Menschen und Hunde,
Luna, sie lenkt in der Höh nächtliches Rossegespann.
Zu ihr schaut ich hinan, sah dann kapitolische Tempel,
Welchen umsonst so nah unsere Laren gegrenzt. –

Am Donnerstag, dem 24. April 1788, versammelten sich die Freunde am Morgen an der Kutsche, in der Goethe und Kayser es sich bequem machten. Moritz zeigte sich, schreibt Nicholas Boyle, von seiner besten Seite, plauderte geistreich, gewandt und ungezwungen, sogar nachdem der Postillon schon das Horn geblasen hatte. Bury verlor die Fassung und mußte sich abwenden, da Goethe ihm die Tränen verboten hatte. – Die Kutsche setzte sich in Bewegung, passierte bald die Porta del Popolo, fuhr die Via Flaminia hinunter, über den alten vorchristlichen Ponte Milvio, und trug Goethe aus Rom davon – für immer.
Von Angelica hatte er sich bereits am Tag zuvor verabschiedet. Ihr, die er, trotz wohlbedachter, leiser Distanz, dankbar verehrte, hinterließ er den mächtigen Kopf der Juno Ludovisi, seine, wie er sagte »erste Liebschaft in Rom ...«

»Theürer Freund!«, schreibt Angelica Kauffmann am 10. Mai 1788 an Goethe: »Ihr abschid von uns durchdrang mier Herz und Seele, der tag Ihrer abreis war einer der traurigsten tage meines Lebens ... mier träumte vor ein par nächte, ich hette Briefe von Ihnen empfangen, und war getröst und sagte, es ist gut das er geschriben sonst wär ich bald aus Wehmuth gestorben. – Die sonntage, auf die ich mich sonsten so sehr gefreut, haben sich in traurige tage verendert. Und sie sagen, die Sonntage kommen nicht wieder, das will ich nicht hoffen. Das Wort nicht wieder Kommen thönt zu hart ...«

Und am 17. Mai: »der fatale tag hat mich in eine traur gesetzt, aus der ich mich nicht wider erholen kann. Der schöne Himmel, die schöne gegend, ja leider auch das Schöne der Kunst sehe ich mit einer art von gleichgültigkeit.« – Dann im Jahr darauf, am 23. Mai 1789 – »was hilft das, würdige leüte kennen und selbe nur auf

Joh. Wolfgang Goethe: Allee in der Villa Borghese. Bleistift, Feder mit Tusche, 1787

augenblicke genießen zu können. Rom ist in diesem stück ein fataler Ort. Um ruhig zu leben, müste man den werth guter Freunde weniger kennen, oder weniger Empfindung haben.« – Und am 1. August 1789 – »seit mir das Glück so schöne Bekanntschaften gönnte, wirt mir Rom ungemein öde. Gemählder und Statuen sehen, ist schön, aber in den Kreiß guter freunde zu leben, ist doch besser ...«

Klagen, Schmerzen und lastende Schwermut! – Der Freund war entschwunden und mit ihm – ein harter Verlust – der Mensch, der zuhörte, der aus eigener bitterer Erfahrung verstand, wenn sie, niedergeschlagen und wahrhaft bekümmert, davon sprach, daß ihr, jenseits der Routine, jenseits dieser immer wieder heftig begehrten Porträts, im raschem Zugriff, gekonnt und sicher von ihr gemalt, nichts wahrhaft Neues, nichts Besseres, nichts Größeres gelingen wolle, daß sie an Grenzen stoße, die sie trotz innerster Anstrengung nicht zu überspringen vermöge. – Er tröstete, er ermunterte sie.

Die Nachrichten aus Weimar empfand sie als Wohltat. Das lassen zumindest ihre Briefe vermuten, so lückenhaft sie vorliegen. – Auch von Goethe haben sich nur vier Briefe erhalten, geschrieben zwischen Februar 1788 und Juni 1797. – Sehr höflich, doch im Tonfall altgewohnter Verbundenheit, leiht Goethe bei Angelica ein Kupfer aus; erbittet ihren Rat bei der Restaurierung eines ihrer Bilder; beklagt, daß die Kriegswirren das fest geplante Wiedersehn verhindern; berichtet, daß er, Goethe, in Dessau Angelicas Amor und Psyche, »diese lebendigen, himmlischen Gestalten mit sehr lebhafter Freude genossen habe«.

(Fortsetzung S. 90)

AUGUST

1. Sonntag

Es trägt Verstand und rechter Sinn
Mit wenig Kunst sich selber vor.

2. Montag

Man lebt nur einmal in der Welt, hat nur einmal diese Kräfte, diese Aussichten, und wer sie nicht zum Besten braucht, ist ein Thor.

3. Dienstag

Unbesonnenheit ziert die Jugend,
Sie will eben vorwärts leben;
Der Fehler wird zur Tugend.
Im Alter muß man auf sich acht geben.

4. Mittwoch

In jedem Künstler liegt ein Keim von Verwegenheit, ohne den kein Talent denkbar ist.

5. Donnerstag

Gleich zu sein unter Gleichen,
Das läßt sich schwer erreichen:
Du müßtest, ohne Verdrießen,
Wie der Schlechteste zu sein, dich entschließen.

6. Freitag

Vom heutgen Tag, von heutger Nacht
Verlange nichts,
Als was die gestrigen gebracht.

7. Samstag

Wer recht will tun, immer und mit Lust,
Der hege wahre Liebe in Sinn und Brust.

8. Sonntag

Wer mit dem Leben spielt,
Kommt nie zurecht;
Wer sich nicht selbst befiehlt,
Bleibt immer Knecht.

9. Montag

Wer sich nicht selbst tätig bemühet, weiß die Sachen nur oberflächlich und halb.

10. Dienstag

Langeweile ist ein böses Kraut,
Aber auch eine Würze, die viel verdaut.

11. Mittwoch

»Wie ungeschickt habt ihr euch benommen,
Da euch das Glück ins Haus gekommen!«
Das Mädchen hat's nicht übel genommen
Und ist noch ein paarmal wiedergekommen.

12. Donnerstag

Glückselig ist, wer Liebe rein genießt,
Weil doch zuletzt das Grab so Lieb als Haß verschließt.

13. Freitag

»Sag nur, wie trägst du so behaglich
Der tollen Jugend anmaßliches Wesen?«
Fürwahr, sie wären unerträglich,
Wär ich nicht auch unerträglich gewesen.

14. Samstag

Du sollst mit dem Tode zufrieden sein,
Warum machst du dir das Leben zur Pein?

15. Sonntag

Viele Lieb hat ich erlebet,
Wenn ich liebelos gestrebet;
Und Verdrießliches erworben,
Wenn ich fast für Lieb gestorben.
So du es zusammengezogen,
Bleibet Saldo dir gewogen.

16. Montag

Wird uns eine rechte Qual zuteil,
Dann wünschen wir uns Langeweil.

17. Dienstag

Behauptet doch Heute steif und fest, Gestern sei nicht gewesen.

18. Mittwoch

Der Mensch ist ein wahrer Narziß; er bespiegelt sich überall gern selbst; er legt sich als Folie der ganzen Welt unter.

19. Donnerstag

Eh du von der Liebe sprichst, laß sie erst im Herzen leben.

20. Freitag

Man hält die Menschen gewöhnlich für gefährlicher, als sie sind.

21. Samstag

Prüft das Geschick dich, weiß es wohl warum:
Es wünschte dich enthaltsam! Folge stumm!

22. Sonntag

Wer Wissenschaft und Kunst besitzt,
Hat auch Religion;
Wer jene beiden nicht besitzt,
Der habe Religion.

23. Montag

Jeder Mensch mag gern das Andenken seines Daseins stiften.

24. Dienstag

Ob ich liebe, ob ich hasse!
Nur soll ich nicht schelten.
Wenn ich die Leute gelten lasse,
Läßt man mich gelten.

25. Mittwoch

Es bildet ein Talent sich in der Stille,
Sich ein Charakter in dem Strom der Welt.

26. Donnerstag

Eile freudig vorzuziehn
Gegenwart vor dem Gedächtnis.

27. Freitag

Was ich treibe, ist immer offenbares Geheimnis.

28. Samstag · Goethes Geburtstag (1749)

Ladend und lieblich bist du,
Und Blumen, Mond und Gestirne
Huldigen, Sonne, nur dir,
Sonne! so sei du auch mir
Die Schöpferin herrlicher Tage:
Leben und Ewigkeit ists.

29. Sonntag

Verweile nicht und sei dir selbst ein Traum,
Und wie du reisest, danke jedem Raum,
Bequeme dich dem Heißen wie dem Kalten;
Dir wird die Welt, du wirst ihr nie veralten.

30. Montag

Leichtsinnige und der Besserung unfähige Menschen klagen sich oft am lebhaftesten an, bekennen ihre Fehler mit großer Freimütigkeit und bereuen, ob sie gleich nicht die mindeste Kraft in sich haben, von dem Wege zurückzutreten, auf den eine übermächtige Natur sie hinreißt.

31. Dienstag

Was verkürzt mir die Zeit?
Tätigkeit!
Was macht sie unerträglich lang?
Müßiggang!
Was bringt in Schulden?
Harren und Dulden!
Was macht Gewinnen?
Nicht lange besinnen!
Was bringt zu Ehren?
Sich wehren!

Trotz innerster Bewegtheit – der Alltag mit seinen eingeübten Mustern, Pflichten, Bräuchen blieb. Und er fand Angelica – wo auch sonst? – hinter der Staffelei. Sie arbeitete. Sie porträtierte weiterhin die Große Welt, variierte aber auch, und das mit persönlichstem Engagement, das Thema der verlassenen Frau – ein Thema, das sie seit den Tagen des falschen Grafen Horn be-

Christiane Luise Duttenhofer: Angelica Kauffmann. Scherenschnitt, um 1804/05

schäftigte. Ohne neue künstlerische Ausdrucksmöglichkeiten entwickelt zu haben, malte sie weiter in ihrer graziös-empfindsamen Manier Ariadne oder Penelope, malte Calypso und Sternes »Irre Marie«. – Malte »Schöne Seelen«, still in Trauer versunken, fern jeder erotischen Anspielung, das edle Haupt in edler Kurve gebeugt. – Weibliche Wesen, in deren edel-schön vorgetragenem Leid sich jedes kummerbeladene Herz nur zu gern wiedererkannte. Der Erfolg, besonders der Stich-Serien, war spektakulär.

Zugleich aber fielen ihr, der so überaus beschäftigten Malerin, zusätzlich die Pflichten der Hausherrin, der Gastgeberin zu. Trotz ihrer großen Bescheidenheit, die alle Welt nicht müde wurde zu rühmen und zu preisen, war sie es, die den Stil der Geselligkeit in der Via Sistina prägte, auch den Stil der »conversazioni«, der großen abendlichen Empfänge, bei denen, wie Prosperi, der Diener, berichtet, sich »tutta Roma« einstellte und oft, festgehalten durch Gespräch und Musik, bis in die frühen Morgenstunden blieb.

Im Dezember 1795 starb Antonio Zucchi. Angelica »litt und leidet den größten Kummer«; spricht von dem »irreparablen Verlust«, den der Tod dieses »werten Ehemanns, Freunds und besten Kameraden« für sie bedeute. – Sie hat nun das Leben allein zu bestehen. Weiter ist sie von Besuchern umdrängt, von Aufträgen überhäuft. Dabei kränkelt sie, wird immer zarter, erscheint den Zeitgenossen mehr und mehr, fast körperlos, als die »Engelsgleiche«. – Man macht sich daran, aufzuschreiben, was sie aus frühen Tagen erzählt, skizziert bereits bruchstückhaft den Gang ihres Lebens, beschreibt in langhin rollenden Versen ihr Wesen, ihr Werk.

Sie starb in den frühen Nachmittagsstunden des 5. November 1807. In ihrem Testament hatte sie verfügt, daß man sie in der Pfarrkirche San Andrea delle Fratte bestatte, neben Antonio Zucchi, diesem »viro concordissimo«, sie selbst aber solle der gemeinsame Gedenkstein »Angelica« nennen, »Tochter des Johann Joseph Kauffmann und aus einem Schwarzenberger Haus«. – Auch Erben ihres beträchtlichen Nachlasses werden die ihr über den Vater verwandten Kauffmanns in Schwarzenberg, wobei sie betont, daß ihr zustehe, frei nach ihrem Willen zu verfügen, da sie alles, was sie besitze, durch eigene Mühe und eigenen Fleiß erworben habe.

Angelicas Bestattung, bewußt der Bestattung des großen Raffael im Jahre 1520 nachempfunden und von Antonio Canova mit Requiem und großem Trauergeleite vom Pincio herab arrangiert, machte noch einmal im feierlichsten Ritual sichtbar, was die Zeit schmerzlich empfand, daß mit dieser Künstlerin Tod »un raro prodigio di talento, e di saviezza« entschwunden war.

Joh. Wolfgang Goethe: Die Cestius-Pyramide im Vollmondlicht · Bleistift, Feder in Braun, grau laviert, 1788

III. DIE SCHRIFTSTELLERIN

AUF TREIBENDEN EISSCHOLLEN

Meine verödete Kirche stand diesseits an der Höhe einer Mauer, die tief hinabging, einen Bleichplatz umschloß, der jenseits vom Mainfluß begrenzt war. Während mir vor der Höhe dieser Mauer schwindelte und ich furchtsam ausweichen wollte, hatte ich mich unwillkürlich hinübergeschwungen, und so fand ich im nächtlichen Dunkel kleine Spalten in der Mauer, in die ich die Hände und Füße einklemmte, und hervorragende Steine, auf denen ich mir hinabhalf. Ohne zu bedenken, ob und wie ich wieder hinaufkommen werde, hatte ich den Boden erreicht; eine Wanne, die wohl im Sommer zum Bleichen gedient hatte und im Herbst war vergessen worden, rollte ich bis zum Ufer, stellte sie da auf und setzte mich hinein und sah dem Eisgang zu; es war mir eine behagliche, befriedigende Empfindung, so als eingerahmtes Bild der erhabenen Winternatur ins Antlitz zu schauen. Es war, als habe ich einer geheimen Aufforderung Genüge geleistet.

Im Hinaufklettern fand ich ebenso kleine Lücken und Steine unter Händen und Füßen, wie ich sie brauchte. – Von nun an konnte kein Wetter, kein Zufall mich abhalten, ich überwand alle Schwierigkeiten. Ohne zu wissen wie, fand ich mich an meiner Geistermauer, an der ich jeden Abend hinabkletterte und, in meiner Wanne sitzend, dem Treiben der Eisschollen zusah. Eine stieß ans Ufer, ich sträubte mich nicht mehr gegen die dämonischen Eingebungen, zuversichtlich sprang

ich drauf und ließ mich eine Weile forttreiben. Dann sprang ich auf die nächste, bis ich endlich in der Mitte des Stromes dahinsegelte. – Es war eine wunderbare Nacht!

(Fortsetzung S. 100)

A. Off: Bettine. Bleistift, 1808

SEPTEMBER

1. Mittwoch

Wenn du auf dem Guten ruhst;
Nimmer werd ich's tadeln,
Wenn du gar das Gute tust,
Sieh, das soll dich adeln!

2. Donnerstag

Der Hypochonder ist bald kuriert,
Wenn euch das Leben recht kujoniert.

3. Freitag

Was Alte lustig sungen,
Das zwitschern muntre Jungen;
Was tüchtige Herren taten,
Wird Knechten auch geraten;
Was einer kühn geleistet,
Gar mancher sich erdreistet.

4. Samstag

Die Zeit, sie mäht Rosen als Dornen,
Aber das treibt immer wieder von vornen.

5. Sonntag

Wer nicht von dreitausend Jahren
Sich weiß Rechenschaft zu geben,
Bleib im Dunkeln unerfahren,
Mag von Tag zu Tage leben.

6. Montag

Menschen sind schwimmende Töpfe, die sich aneinander stoßen.

7 Dienstag

Willst du dich deines Wertes freuen,
So mußt der Welt du Wert verleihen.

8. Mittwoch

Jedem redlichen Bemühn
Sei Beharrlichkeit verliehn.

9. Donnerstag

Alles in der Welt läßt sich ertragen,
Nur nicht eine Reihe von schönen Tagen.

10. Freitag

Die Welt gleicht einem Feuer, das am Wege angezündet ist; wer soviel davon nimmt als nötig, um sich auf dem Wege zu leuchten, erduldet kein Übel, aber wer mehr nimmt, verbrennt sich.

11. Samstag

Der entschließt sich doch gleich,
Den heiß ich brav und kühn!
Er springt in den Teich,
Dem Regen zu entfliehn.

12. Sonntag

Bist undankbar, so hast nicht recht,
Bist du dankbar, so geht dir's schlecht;
Den rechten Weg wirst nie vermissen,
Handle nur nach Gefühl und Gewissen.

13. Montag

Dem Einzelnen bleibe die Freiheit, sich mit dem zu beschäftigen, was ihn anzieht, was ihm Freude macht, was ihm nützlich deucht; aber das eigentliche Studium der Menschheit ist der Mensch.

14. Dienstag

Es ist ja in den Bergwerken auch nicht alles lauteres Metall, und man muß, um sich Raum zu machen, mitunter taubes Gestein ans Tageslicht bringen.

15. Mittwoch

Wir finden die Menschen, über deren Veränderlichkeit so viele Klage geführt wird, nach vielen Jahren zu unserm Erstaunen unverändert.

16. Donnerstag · Jüd. Neujahr

Genieße, was der Schmerz dir hinterließ!
Ist Not vorüber, sind die Nöte süß.

17. Freitag

Sehr leicht zerstreut der Zufall, was er sammelt.

18. Samstag

Hans Adam war ein Erdenkloß,
Den Gott zum Menschen machte;
Doch bracht er aus der Mutter Schoß
Noch vieles Ungeschlachte.

19. Sonntag

Wenn man fürs Künftige was erbaut,
Schief wirds von vielen angeschaut.
Tust du was für den Augenblick,
Vor allem opfre du dem Glück.

20. Montag

Die Gewalt einer Sprache ist nicht, daß sie das Fremde abweist, sondern daß sie es verschlingt.

21. Dienstag

Fahrt nur fort, nach eurer Weise
Die Welt zu überspinnen!
Ich in meinem lebendigen Kreise
Weiß das Leben zu gewinnen.

22. Mittwoch · Herbstanfang

Willst du nach den Früchten greifen,
Eilig nimm dein Teil davon!

23. Donnerstag

Wer klare Begriffe hat, kann befehlen.

24. Freitag

Der Mensch ist dem Menschen das Interessanteste und sollte ihn vielleicht ganz allein interessieren. Alles andere ist entweder nur Element, in dem wir leben, oder Werkzeug, dessen wir uns bedienen.

25. Samstag · Jüd. Versöhnungstag

Die Tinte macht uns wohl gelehrt,
Doch ärgert sie, wo sie nicht hingehört.
Geschrieben Wort ist Perlen gleich;
Ein Tintenklecks ein böser Streich.

26. Sonntag

Alles Gescheite ist schon gedacht worden, man muß nur versuchen, es noch einmal zu denken.

27. Montag

Nur durch eine erhöhte Praxis sollten die Wissenschaften auf die äußere Welt wirken: denn eigentlich sind sie alle esoterisch und können nur durch Verbessern irgend eines Tuns exoterisch werden.

28. Dienstag

Einen Vorsatz kann man nicht sicherer abstumpfen, als wenn man ihn öfters durchspricht.

29. Mittwoch

Ich bin überzeugt, daß die Bibel immer schöner wird, je mehr man sie versteht, das heißt je mehr man einsieht und anschaut, daß jedes Wort, das wir allgemein auffassen und im Besondern auf uns anwenden, nach gewissen Umständen, nach Zeit- und Ortsverhältnissen einen eigenen, besondern, unmittelbar individuellen Bezug gehabt hat.

30. Donnerstag · Laubhütten Anfang

Nicht überall, wo Wasser ist, sind Frösche; aber wo man Frösche hört, ist Wasser.

Am fernen Horizont schimmerte ein dunkles Rot, ein trübes Gelb und milderte die Finsternis zur Dämmerung; das Licht, gefesselt in den Umarmungen der Nacht; dahin schaute ich, dahin trug mich mein eisiger Seelenverkäufer, und der Wind, der sich kaum über die Höhe des Flusses hob, spielte und klatschte zu meinen Füßen mit den Falten meiner Kleider. Noch heute empfinde ich den königlichen Stolz in meiner Brust, noch heute hebt mich die Erinnerung der schmeichelnden Winde zu meinen Füßen, noch heute durchglüht mich die Begeisterung jener kühnen nächtlichen Fahrt, als wenn es nicht vor sechs Jahren, sondern in dieser kalten Winternacht wär, in der ich hier sitze, um Dir zulieb und meiner Liebe zum Gedächtnis alles aufzuschreiben.

aus Bettinas »Tagebuch«, 1844

Sie war anders als alle, die sie umgaben. Nicht artig, nicht gefällig, nicht schön. Sie schockierte, sie faszinierte, sie verblüffte. Nie wollte sie, was die andern wollten. Nicht den Abend im Zimmer der Großmutter, nicht den L'hombre-Tisch im Kerzenschein, nicht diese »verödete und verfallene Gesellschaft«, nicht »diese unauflösbaren Rätselgesichter«. – Sie schlich hinaus und findet, erfindet »in den Umarmungen der Nacht« als Bild ihres Andersseins diese einsamste Figur, diese Frau auf den treibenden Eisschollen, von Begeisterung durchglüht, tollkühn ihr Freisein behauptend und einem Liebestraum verfallen, den sie wagt, karge Realität aufschönend in Poesie verwandelnd, sich, dem Geliebten, der Welt zu erzählen.

»Es war einmal«, schreibt Bettina, »ein Kind, das hatte viele Geschwister. Eine Lulu und eine Meline, die waren jünger, die andern waren alle viel älter. Das Kind hat alle Geschwister zusammengezählt, da waren's dreizehn, und der Peter vierzehn und die Therese und die Marie fünfzehn, sechzehn, die hat es aber nicht gekannt, denn sie waren schon tot; es waren gewiß zwanzig Geschwister, vielleicht waren es gar noch mehr.«

Aus: »Clemens Brentanos Frühlingskranz«

Ein Gewimmel, ein Gewusel, heimisch im »Goldenen Kopf«, einem vielstöckigen, breitgelagerten Haus in der Sandgasse zu Frankfurt am Main, mit dem Emblem des Handels und der Schiffahrt im Dreiecksgiebel, das sich 1771 Peter Anton Brentano, ein Kaufherr aus Tremezzo am Comer See, als Familienbleibe, doch auch als Sitz seiner ausgedehnten Handels- und Bankgeschäfte einrichtete. – Goethe schien das Haus zwar düster, und Wieland witterte mit seiner feinen Nase in den Fluren und Dielen »un odeur de l'huile et du fromage«, aber dieser »négociant – d'ailleurs assez riche – qui a fort peu d'esprit«, besaß immerhin eine Sammlung guter Bilder, und der kindlichen Phantasie war, wie in Bettinas Erinnerungen nachzulesen ist, das weitläufige Haus mit den schummrigen Stiegen und Treppen, den Speichern, Erkern, Türmchen, dem Gewinkel, den Verstecken überall, ein Spielplatz voller Überraschung und Wunder.
Hier kam am 4. April 1785 Bettina zur Welt. Sie war die Dreizehnte, die Siebte in Peter Anton Brentanos zweiter Ehe. – »Ich heiße«, schrieb sie, »Catarina Elisabetha Magdalena und werde vulgairement Bettina genannt«,

unterzeichnete jedoch die Briefe, publiziert in ihren Briefromanen, mit der schlichteren Form Bettine.
Der Vater [von Sophie von La Roche, der Schwiegermutter, als ein Mann »voll Jalousie und großer Häuslichkeit« geschildert] hatte das Kind sehr lieb, vielleicht lieber als die andern Geschwister; seinem Schmeicheln konnte er nicht widerstehen. Wollte die Mutter etwas vom Vater erlangen, da schickte sie das Kind, und es solle bitten, daß der Vater Ja sage, dann hat er nie etwas

Zum Goldenen Kopf. Bettinas Geburtshaus in der Sandgasse zu Frankfurt am Main

abgeschlagen. Nachmittags, wenn der Vater schlief, wo keiner Lärm wagte oder Störung zu machen, das Kind aber lief ins Zimmer, warf sich auf den schlummernden Vater und wälzte sich übermütig hin und her, wickelte sich zu ihm in den weiten Schlafrock und schlief ermüdet auf seiner Brust ein. Er lehnte es sanft beiseite und überließ ihm den Platz.

Der nächste Herbst aber [1793], vom Tod an der Hand geführt, geleitet ihm die schönste Mutter ins Grab. Da ist Zerstörung im Haus. Der Vater kann's nicht ertragen. Alles scheuet seinen Schmerz. Die Geschwister fliehen vor ihm, wo er eintritt, das Kind bleibt, es hält ihn bei der Hand fest, und er läßt sich von ihm führen. Im dunklen Zimmer, von den Straßenlaternen ein wenig erhellt, wo er laut jammert vor dem Bilde der Mutter, da hängt es sich an seinen Hals und hält ihm die Hände vor den Mund, er solle nicht so laut, so jammervoll klagen! – Gesegnetes Haupt, das an seiner seufzenden Brust lag, und von seinen Tränen überströmt, ihm Linderung gab. – ›Werde doch auch so gut wie deine Mutter‹, sagte im gebrochnem Deutsch der italienische Vater.«

Doch trotz der lauten Klage, der strömenden Tränen um die schöne Maxe (deren große dunkle Augen einst, im September 1772, auch den jungen Goethe verzauberten), schloß er ein halbes Jahr später eine dritte Ehe, holte eine neue Frau ins Haus und übergab »presto, presto« Meline und Gunda, Bettina und Lulu den Ursulinen zu Fritzlar, frommen Klosterfrauen, deren Internat Familien der bürgerlichen Oberschicht die Töchter anvertrauten. – Das Sticheln feinster Handarbeiten wird geübt, Musik getrieben, im Garten geholfen; es wird gemalt, gezeichnet, modelliert, Bettina

spricht später, poetisch überhöht, von den Knospen, die sich in ihr ansetzten, von Ahnungen, die zur Wahrheit reifen müßten, aber im April 1794 schreibt sie: »Lieber Papa! Nix – Die Link ... durch den Jabot gewitscht auf dem Papa sein Herz, die Recht ... um den Papa sein Hals. Wenn ich keine Händ' hab' kann ich nit schreiben. Ihre liebe Tochter Bettine.«
Zärtlich, knapp, witzig – eine kindliche Klage, ein Billett, das Verlust, das Einsamkeit signalisiert. Es fand sich, anscheinend sorglich bewahrt, auf des Vaters Totenbett, der, wenige Jahre nach der Mutter, im März 1797, starb.

Ludwig E. Grimm: Die junge Bettine.
Bleistiftzeichnung nach frühen Skizzen, um 1851

Chef der Familie und der Geschäfte ist nun Franz Brentano, Bettinas ältester Halbbruder; Hausherrin neben ihm Antonie, aus Wien stammend, Tochter des Staatsministers Melchior von Birkenstock. – Besorgt holt Franz, als im Mai 1797 die Franzosen (während des ersten Koalitionskriegs) Fritzlar besetzten, die Schwestern ins Elternhaus zurück. Auf Wunsch der jungen Hausherrin (deren Küche bereits achtzig Personen zu verköstigen hat) werden sie allerdings sehr rasch nach Offenbach weitergeschickt, um dort in der »Grillenhütte«, betreut von Großmutter Sophie von La Roche – der berühmten Schriftstellerin, der »Erzieherin von Teutschlands Töchtern« –, ihre »Education« zu vollenden.

»Bettine kann gut werden, wenn sie einfach und natürlich bleibt und nicht eigene Länder entdecken will, wo keine weibliche Glückseligkeit zu entdecken ist«, meinte Bruder Franz. Henry Crabb Robinson jedoch, ein junger Londoner Anwalt, beschreibt sie als »ein kurzes untersetztes wildes Mädchen«, als ein grillenhaftes, unbehandelbares Geschöpf, als gewaltige Schwätzerin, die mit Vorliebe auf Apfelbäumen rumsteigt, wie ein paar Jahre später Humboldt erstaunt beobachtet, daß sie bald auf der Erde, bald auf dem Ofen hockt, und kopfschüttelnd feststellt, daß soviel Geist und soviel Narrheit unerhört sei. – Mit der Großmutter liest sie Mirabeau, mit der leidenschaftlich geliebten Caroline von Günderrode Hölderlin. Aber die Aufforderung, ihre Sprachbegabung am Latein zu schulen oder ihre Geschichtskenntnisse durch die Lektüre von Johannes von Müllers Geschichte der

Schweizer Eidgenossenschaft auszuweiten, lehnt sie spöttisch ab.

»Bon!«, erklärt sie, die Schweizer Geschichte mag gut sein, »aber sie ist vorbei, gedürrte Quetschen, schmackhaft zwar, aber was soll ich mit Backobst! – Was soll ich mit euch – ihr krüppeliges Winterausdauerungsprodukt, bin ich ein Hamster, der beide Backentaschen voll in seine Vorratskammer aufspeichert? – Nein, ich bin eine frank und freie lustige, helle Bergquelle, vom Zufall oft durch Wüsten und Paradiese hinrauschend, mit gleicher Lebendigkeit geht's über Klippen, dann ist er gleich noch einmal so aufgeregt. Da stampft er, da gischt er, da dampft und braust gleich seine Lebenskraft heller aus dem lichten Schaum hervor. – Nein, ich bin nichts, aber wenn einer das sagt, dann bin ich gleich etwas.«

Nur was spontan ihr Interesse weckt, rafft sie an sich. – So teilte sie durchaus, sagt Ingeborg Drewitz in ihrer warm-farbigen Bettine-Biographie, das unruhige Treiben der großen Familie, in die sie hineingeboren war, und wich ihm doch auch immer wieder aus. – Sie begleitete die Schwestern zum Ball, doch sie tanzte nicht. Zu Claudines, der alten Kinderfrau Geburtstag hatte sie die hübschesten Einfälle. Sie klebte, sie bastelte, doch als es ans Feiern ging, verkroch sie sich in ihr Zimmer und »bereitete die Stangen vor, an denen sie im Sommer Hopfen über den Altan ziehen wollte und auch Bohnen, dazu Sonnenblumen, Aurikeln und Ranunkeln.« –

(Fortsetzung S. 113)

OKTOBER

1. Freitag

Und wenn die Tat bisweilen
Ganz etwas anders bringt,
So laßt uns das ereilen,
Was unverhofft gelingt.

2. Samstag

Wenn jemand sich wohl im Kleinen deucht,
So denke: der hat ein Großes erreicht.

3. Sonntag · Erntedank · Tag der deutschen Einheit
Ein Tag, den alle Menschen feiern,
Er sei für mich ein Erntetag!

4. Montag
Habe deine Zwecke im Ganzen vor Augen und lasse dich im Einzelnen durch die Umstände bestimmen.

5. Dienstag
Was ich nicht weiß,
Macht mich nicht heiß.
Und was ich weiß,
Machte mich heiß,
Wenn ich nicht wüßte,
Wie's werden müßte.

6. Mittwoch
Die Dummheit weiß von keiner Sorge.

7. Donnerstag · Laubhütten Ende
Die Gegenwart hat etwas Beengendes, die Abwesenheit hingegen macht frei, unbefangen, weist jeden auf sich selbst zurück.

9. Freitag · Jüd. Gesetzesfreude
Nur wer was gelten will,
Muß andre gelten lassen.

9. Samstag
Magst du einmal mich hintergehen,
Merk ichs, so laß ichs wohl geschehen;
Gestehst du aber mirs ins Gesicht,
In meinem Leben verzeih ichs nicht.

10. Sonntag

Liebe gibt der Liebe Kraft.

11. Montag

Meine Dichterglut war sehr gering,
Solang ich dem Guten entgegen ging;
Dagegen brannte sie lichterloh,
Wenn ich vor drohendem Übel floh.

12. Dienstag

Folge aber, beharrliche, strenge, kann auch vom Kleinsten angewendet werden und wird selten ihr Ziel verfehlen.

13. Mittwoch

Wohl! wer auf rechter Spur
Sich in der Stille siedelt;
Im Offnen tanzt sichs nur,
Solang Fortuna fiedelt.

14. Donnerstag

Läßt sich einer zur Tafel läuten,
Das Essen hat wenig zu bedeuten.

15. Freitag

Allgemeine Begriffe und großer Dünkel sind immer auf dem Wege, entsetzliches Unglück anzurichten.

16. Samstag

Ich habe gar nichts gegen die Menge;
Doch kommt sie einmal ins Gedränge,
So ruft sie, um den Teufel zu bannen,
Gewiß die Schelme, die Tyrannen.

17. Sonntag

Was kann der Mensch im Leben mehr gewinnen,
Als daß sich Gott-Natur ihm offenbare?
Wie sie das Feste läßt zu Geist verrinnen,
Wie sie das Geisterzeugte fest bewahre.

18. Montag

Der Charakter, das heißt die Mischung der ersten menschlichen Grundtriebe, der Selbsterhaltung, der Selbstschätzung ist das, wovon auch die Ausbildung der übrigen Seelenkräfte ausgeht.

19. Dienstag

Wer sich nicht nach der Decke streckt,
Dem bleiben die Füße unbedeckt.

20. Mittwoch

Es ist der Fehler derjenigen, die manches, ja viel vermögen, daß sie sich alles zutrauen.

21. Donnerstag

Das kleinste Haar wirft seinen Schatten.

22. Freitag

Der Mensch kann sich nicht versagen, nach seiner Art wirken zu wollen. Er versucht es erst unbewußt, dann immer bewußter. Daher denn so viel Treffliches und Albernes sich über die Welt verbreitet und Verwirrung aus Verwirrung sich entwickelt.

23. Samstag

Der Aberglaube ist eine Poesie des Lebens; deswegen schadets dem Dichter nicht abergläubisch zu sein.

24. Sonntag

Niemand wird sich selber kennen,
Sich von seinem Selbst-Ich trennen;
Doch probier er jeden Tag,
Was nach außen endlich, klar,
Was er ist und was er war,
Was er kann und was er mag.

25. Montag

Was man nicht versteht, besitzt man nicht.

26. Dienstag

Endlich fasse dir ein Herz
Und begreifs geschwinder:
Lachen, Weinen, Lust und Schmerz
Sind Geschwisterkinder.

27. Mittwoch

Derjenige, der's allen andern zuvor tun will, betrügt sich meist selbst; er tut alles, was er kann und bildet sich dann gefällig vor, das sei so viel und mehr als das, was alle können.

28. Donnerstag

Gesunder Mensch ohne Geld ist halb krank.

29. Freitag

Das Höchste, wozu der Mensch gelangen kann, ist das Erkennen seiner selbst, das ihn befähigt, auch fremde Gemütsarten innig zu erkennen.

30. Samstag

Sie täten gern große Männer verehren,
Wenn diese nur auch zugleich Lumpen wären.

31. Sonntag · Reformationsfest

Heiliger, lieber Luther,
Du schabtest die Butter
Deinen Kollegen vom Brot!
Das verzeihe dir Gott!

Mit schönem Eifer fegte sie (zum Entsetzen der Tante Möhn) Veilchens, der geliebten jüdischen Goldstickerin, Stiege, war aber kaum zu bewegen, der Hausherrin im Goldenen Kopf etwa regelmäßig zur Hand zu gehen.
Selbst Clemens, der geliebte, ihr in Aufruhr und Widerstand gegen jede Norm so ähnliche Bruder, mahnt zur Vorsicht. Sie aber reagiert zornfunkelnd, daß der »liebe, liebste Clemens, von allerlei auch ihm nicht recht deutlichen Beweggründen angespornt«, ihr schreibt: »Tue deine Pflicht mit Ernst – das Leben nehme leicht!«
»Seh ich mich um nach meiner Pflicht«, erwidert sie, »so freut mich's recht sehr, daß sie sich aus dem Staub macht vor mir, denn erwischte ich sie, ich würde ihr den Hals umdrehen! So erpicht bin ich gegen sie. – Nun ich hoffe, daß ich und meine Pflicht nie zusammenkommen. Falls eine sollte doch auf mein Los gekommen sein – ich würde sie mit meinem ernsten Blick schon in Schranken halten, daß sie mir nicht über den Hals käme, ich verstehe keinen Spaß hierüber, meine ganze Natur kommt in Aufregung, und Kräfte machen sich in mir auf die Beine, die alles in Grund und Boden trampeln, was sich mir aufsätzig machen will. Also Pflicht, halte dich im Hintergrund, wenn du nicht abgedroschen sein willst. – Das Schöne hab ich lieb gewonnen. Ich nahm es an, wenn man mir es schenkte, um es gleich wieder zu verschenken. Nur in der Freiheit, in dem Fürsichbestehen gefällt mir das Leben; und ich werde nie etwas an mich reißen. Ich werde mich hinneigen, aber ich werde mich nicht gefangen geben.«

»Meine alte Puppe vor zwei Jahren! Heute hat's mich geplagt«, schreibt Bettine dem Bruder, »ich mußte sie wieder einmal betrachten, mit der ich mich zum letztenmal unterhalten hatte, als du zum erstenmal hierherkamst. Clemente! Du weißt noch, wie ich sie geschwind unter den Tisch warf, als Du hereintratst, und ich sah Dich an und kannte Dich nicht und hielt Dich für einen fremden Mann, der mir aber so wohl gefiel mit seiner blendenden Stirne und Dein schwarz Haar so dicht und so weich, und Du setztest Dich auf den Stuhl und nahmst mich auf einmal in Deine zwei Arme und sagtest: ›Weißt Du, wer ich bin? Ich bin der Clemens!‹ Und da klammerte ich mich an Dich, aber gleich darauf hattest Du die Puppe unter dem Tisch hervorgeholt und mir in den Arm gelegt, ich wollte aber die nicht mehr, ich wollte nur Dich. – Ach, das war eine große Wendung in meinem Schicksal, gleich denselben Augenblick, wie ich statt der Puppe Dich umhalste.«

Das war im Oktober 1797. Bis dahin hatte Clemens, seit Jahren fern von Frankfurt und absorbiert vom Gang seiner turbulenten geistigen Entwicklung, die Schar der kleinen Schwestern, die ihm zuhause nachwuchsen, kaum beachtet. Nun aber entdeckte er in Bettine ein Geschöpf – wie er »außer aller Ordnung«, doch befähigt, nein begierig aufzunehmen, was er aus Halle, Jena, Weimar, den Zentren seiner Studien, zu berichteten wußte. – Ein Wirbel neuer Gedanken, neuer Hoffnungen, neuer Träume und Sehnsüchte, und – was vielleicht noch schwerer wog – auch ein Wirbel neuer Namen tauchten auf.

Neben Wieland, Goethe, Herder, durch Sophie von La Roche, der Großmutter, Bettina seit langem vertraut,

hatte sich lautstark eine Crew junger Männer etabliert – hochbegabt, aggressiv, hochgestimmt, bereit, eine Welt aus den Angeln zu heben. – An der Spitze die Brüder Schlegel, mit ihnen Novalis und Tieck, dazu philosophische Köpfe wie Fichte, Hegel, Schelling, dann aber auch Schleiermacher, späterhin Bettine in religiös gestimmter Freundschaft eng verbunden. – Zunächst aber waren für sie zwei Männer, die mit dem Bruder kamen, wichtiger: Savigny, Jurist, jung, besonnen und mit großer gelehrter Zukunft; dazu Achim von Arnim, ein märkischer Edelmann und ein Poet: »Von tausend neuen Anklängen der Dichtung berauscht«, war er mit Clemens Brentano unterwegs, halbvergessene alte deutsche Lieder aufzuspüren, zu sammeln, mit großem

Wilhelm von Schadow: Clemens Brentano. Zeichnung, 1805

Kunstverstand zu bearbeiten und schließlich in »Des Knaben Wunderhorn« zu edieren.
Plötzlich sah sich Bettina, bis dahin trotz ihrer mit einigem Ernst betriebenen musikalischen Studien, ziellos und einsam, mitgerissen, aufgenommen in die Schar der enthusiastisch vorwärts Drängenden. Sie zählte dazu! Arnim und Bruder Clemens wünschten ihre Mitarbeit; Savigny aber (durch die Ehe mit Gunda, der älteren Schwester, seit 1804 ihr Schwager) folgte sie nach Marburg, folgt ihm, unterbrochen von Monaten der Selbständigkeit in München, nach Landshut, genießt das intellektuelle Klima der Universitäten, schließt schwärmerische Freundschaften, ist sehr rasch Mittelpunkt wechselnder Kreise, drängt sich, von Neugier und Spaß am Wissen getrieben, ein, drängt sich auf, verblüfft, entzückt die einen, brüskiert, schockiert die andern, »stellt sich«, wie Caroline Schelling nicht ohne Rankiine anmerkt, »auf den Kopf, um witzig zu sein, nicht ohne Geist, tout au contraire!« – Endlich, nach langem Überlegen und Zögern auf beiden Seiten, wendet sie sich Achim von Arnim zu.
»Am vierten Dezember«, schreibt Bettine zu Weihnachten an Goethe, »war kalt und schauerlich Wetter. Es wechselte ab im Schneien, Regnen und Eisen, da hielt ich Verlobung mit Arnim um 1/2 neun Uhr abends in einem Berliner Hof, wo hohe Bäume stunden, von denen der Wind den Regen auf uns herabschüttelte«, und ergänzt diese Nachricht am 11. Mai 1811 mit einem Jubelruf: »Ich wohne hier in einem Paradies! Die Nachtigallen schmettern in den Kastanienbäumen vor meinem Schlaffenster, und der Mond, der nimmer so hell geschienen, weckt mich mit seinen vollen Strahlen; da schau ich denn wie in einer Optik die vergangnen

Tage, was mich Dein Geist so früh schon gelehrt, und alles reiht sich glücklich aneinander. – Ich weiß nicht, warum ich so glücklich bin? – Jetzt der Arnim, der Dich so lieb hat und mich ... es war am 11. März, also grad heute 2 Monate, daß ein glückliches Ungefähr unsere Trauung bestimmte. Von einem 80jährigen Pfarrer, dessen Jubiläum ich kurz vorher mit Gesang feiern half, wurden wir getraut, auf seinem Studierzimmer, seine Frau war Zeuge. Keine Schwester, kein Freund und Verwandter wußte etwas davon, erst nach mehreren Tagen machten wir's bekannt, da wollte es denn niemand glauben.«

Sie treibe viel Musik, wie der Achim seine Geschäfte, berichtet Bettina weiter, am Abend aber arbeiteten sie gemeinsam in ihrem Gärtchen hinter ihrem kleinen Haus, das mitten in dem großen Garten des Vossischen

Wiepersdorf. Zeichnung von unbekannter Hand

Palais' stehe. – »Und nun! Philemon und Baucis könnten nicht ruhiger leben!«

»Wem ein Hase vors Bett kommt, dem bedeutet es Glück, und ich sende ihn Dir, meinem Glück«, ist auf einem Zettelchen von Arnims Hand zu lesen, und auf einem weiteren Zettel mit Bettinas Zügen: »... vielleicht kann ich Dir viel Glück wünschen und wenig geben, aber was ich habe, ist Dein!«

Zwanzig Jahre lagen vor ihnen. – Gute Jahre, harte Jahre. Jahre überschattet von Krieg, Wirtschaftskrisen und einer Verarmung, die, jeden Fortschritt lähmend, auf dem Lande lastete. – Für Bettina und Arnim Jahre, wechselnd zwischen Berlin (wo besonders Bettine die Freunde, in immer neuen Runden, genoß) und Wiepersdorf, einem stattlichen Besitz, ererbt, doch durch Verpachtung verwahrlost, dessen alte Rentabilität und schöne Wohnlichkeit für die wachsende Familie wiederzugewinnen, sich Arnim zäh und in harter Arbeit plagte.

Es waren aber vor allem die Jahre, in denen rasch nacheinander Bettina ihre Kinder – sieben an der Zahl – zur Welt brachte und aufzog. Resolut, praktisch, vernünftig, doch auch wieder, wie es ihrem Wesen entsprach, mit oft skurrilen, ja bizarren Methoden. Doch die Kinder, vier Söhne, drei Töchter, kamen alle – in jenen Zeiten der hohen Kindersterblichkeit fast ein Wunder – unbeschadet durch die Fährnisse der frühen Jahre, zeigten sich – zwar nicht so originell wie die Eltern, jedoch frisch und begabt – als Glück, eine Freude für Bettine und Arnim.

Plötzlich aber, am 31. Januar 1831, stürzte Arnim, von einem Nervenschlag getroffen, tot zu Boden. Er hatte Gäste, eine Jagdgesellschaft, im Hause, Bettina und die Kinder waren fern in Berlin – – –

NOVEMBER

1. Montag · Allerheiligen

Was ist das Heiligste?
Das, was heut und ewig die Geister,
Tiefer und tiefer gefühlt,
Immer nur einiger macht.

2. Dienstag · Allerseelen

Wir können bei Betrachtung des Weltgebäudes uns der Vorstellung nicht erwehren, daß dem Ganzen eine Idee zum Grunde liege, wonach Gott in der Natur, die Natur in Gott von Ewigkeit zu Ewigkeit schaffen und wirken möge.

3. Mittwoch

Und so werdet ihr vernehmen:
Daß der Mensch, mit sich zufrieden,
Gern sein Ich gerettet sähe,
So da droben wie hienieden.

4. Donnerstag

Die größten Schwierigkeiten liegen da, wo wir sie nicht vermuten.

5. Freitag

Es wird einem nicht erlaubt, man muß es nur sich selber erlauben: dann lassen sich's die andern gefallen, oder nicht.

6. Samstag

Mancherlei hast du versäumet:
Statt zu handeln, hast geträumet,
Statt zu danken, hast geschwiegen,
Solltest wandern, bliebest liegen.

7. Sonntag

Ins holde Leben wenn dich Götter senden,
Genieße wohlgemut und froh!
Scheint es bedenklich, dich hinaus zu wenden,
Nimm dirs nicht übel: allen scheint es so.

8. Montag

Der beste Reiseplan wird durch einen albernen Zufall gestört und man geht nie weiter, als wenn man nicht weiß, wohin man geht.

9. Dienstag

Als wenn das auf Namen ruhte,
Was sich schweigend nur entfaltet!
Lieb ich doch das schöne Gute,
Wie es sich aus Gott gestaltet.

10. Mittwoch

Denn höher vermag sich niemand zu heben, als wenn er vergibt.

11. Donnerstag

Sagt nur nichts halb:
Ergänzen, welche Pein!
Sagt nur nichts grob:
Das Wahre spricht sich rein.

12. Freitag

Fast alle Gesetze sind Synthesen des Unmöglichen, zum Beispiel das Institut der Ehe.

13. Samstag

Es ist ein sonderbares Ding um den ersten Eindruck, er ist immer ein Gemisch aus Wahrheit und Lüge.

14. Sonntag · Volkstrauertag

Wie in einen Lostopf greifst du in die dunkle Zukunft: was du fassest, ist noch zugerollt, dir unbewußt, sei's Treffer oder Fehler.

15. Montag

Der Mensch erfährt, er sei auch, wer er mag,
Ein letztes Glück und einen letzten Tag.

16. Dienstag

Du mußt dich niemals mit Schwur vermessen:
Von dieser Speise will ich nicht essen.

17. Mittwoch

Auch die Gerechtigkeit trägt eine Binde
Und schließt die Augen jedem Blendwerk zu.

18. Donnerstag

Gute persönliche Verhältnisse sollte man ja nicht versäumen, von Zeit zu Zeit durch die Gegenwart wieder zu erneuern.

19. Freitag

Spricht man mit jedermann,
Da hört man keinen;
Stets wird ein andrer Mann
Auch anders meinen.

20. Samstag

Noch ist es Tag, da rühre sich der Mann,
Die Nacht tritt ein, wo niemand wirken kann.

21. Sonntag · Totensonntag

Eine Bresche ist jeder Tag,
Die viele Menschen erstürmen.
Wer auch in die Lücke fallen mag,
Die Toten sich niemals türmen.

22. Montag

Was dem Enkel so wie dem Ahn frommt,
Darüber hat man viel geträumet;
Aber worauf eben alles ankommt,
Das wird vom Lehrer gewöhnlich versäumet.

23. Dienstag

Es ist eine angenehme Empfindung, sich mit etwas zu beschäftigen, was man nur halb kann.

24. Mittwoch

Viel ist, gar viel mit Worten auszurichten,
Wir zeigen dies im Reden wie im Dichten.

25. Donnerstag

Das Verhältnis zu dem, was man liebt, ist so entschieden, daß die Umgebung wenig sagen will; aber daß es die gehörige, natürliche, gewohnte Umgebung sei, das verlangt das Gemüt.

26. Freitag

Versuche, die eigne Autorität zu fundieren: sie ist überall begründet, wo Meisterschaft ist.

27. Samstag

Der einzelne beschränkte Mensch gibt seine nächsten Zustände nicht auf, wie auch das große Ganze sich verhalten möge.

28. Erster Advent

Zwischen heut und morgen
Liegt eine lange Frist;
Lerne schnell besorgen,
Da du noch munter bist.

29. Montag

Woher sind wir geboren? – Aus Lieb.
Wie wären wir verloren? – Ohn Lieb.
Was hilft uns überwinden? – Die Lieb.
Kann man auch Liebe finden? – Durch Lieb.
Was läßt nicht lange weinen? – Die Lieb.
Was soll uns stets vereinen? – Die Lieb.

30. Dienstag

Zierlich Denken und süß Erinnern
Ist das Leben im tiefsten Innern.

»In meinen jungen Leben«, schreibt Bettine, »da hab ich das alles so gelebt. Dann hab ich geheiratet, da kamen meine Kinder, da dacht ich an weiter gar nichts und war wie die Katz mit ihren Jungen. Nun sind die Kinder groß, und ich habe Ruhe, da hab ich die alten Briefe wiedergelesen, da ist mir das alles wieder aufgewacht, und ich habe zum zweiten Mal gelebt.«

Zwei Geburtstage, meint Hannelore Schlaffer, das Wort vom »Doppelleben« prägend, müsse man Bettina zubilligen: den natürlichen vom 4. April 1785 und im Jahr 1834 den Tag, als »Goethes Briefwechsel mit einem Kinde« erschien. – Zeichen und Beweis, daß Bettina – Arnim war im Januar 1831 gestorben und Goethe folgte im Jahr darauf – erstaunlich schnell und mit erstaunlicher geistiger Vitalität den Entschluß faßte, ihr Leben, ihre Jugend, gerade vorbei und zuende gelebt, noch einmal zur Gegenwart zu erwecken.

Sie las die alten Briefe wieder. Und sie begann, angeregt durch das Beispiel der Fürst Pücklerschen höchst erfolgreichen »Briefe eines Verstorbenen«, den originalen Brief, glättend und komplettierend, zu einer eindrucksvollen Brief-Fiktion umzuarbeiten. Literatur entstand, Poesie war gewollt. Tausenderlei Einfälle, ungezählte Metaphern, geistreich zugespitzte Formulierungen umspielen die Realität, überspielen die Banalitäten des Alltags. Das Leben gleite in diesen Briefen, sagt Hannelore Schlaffer, in die Literatur hinüber, ohne daß es bei der Umarbeitung ganz verloren gehe, geschickt im Leser die Illusion weckend und nährend, es wäre beim genauern Hinsehen vielleicht doch zu erfahren, »wie alles einst wirklich gewesen sei« …

Hannelore Schlaffer dagegen, eine aufmerksamste Leserin, sieht – und hält es in ihrem klaren, klug sondierenden, schönen Bettine-Band fest –, wie bewußt Bettine, wenn auch raffiniert verschleiert, die ihr so wohlbekannte Goethesche Dichtung rigoros plündert. Seien es nun einzelne Sonette, seien es die Mignon-, die Suleikalieder, die sie sich aneignet, seien es Szenen aus »Werther« und »Wilhelm Meister« – bedenkenlos nutzt die Schreiberin das »Zitat«, der eigenen Schreibe Vielfalt, Farbe, Glanz und Tiefe zu verleihen. Dieser komplizierte, noch dazu atemlos rasche Wechsel zwischen Fiktion und Realität unterscheidet durchaus Bettina Brentanos originale Briefe von Bettines publizierten Brieffolgen. – »Bettina lebte ihr wirkliches Leben«, sagt Hannelore Schlaffer, »und führte als Bettine ein zweites Leben, ein Doppelleben, im Buch.«

Achim von Arnim. Zeichnung von Clemens Brentano

»Vergesse es nicht, Goethe, wie ich Dich lieben lernte«, schrieb Bettine, »daß ich nichts von Dir wußte, als daß man Dich in meiner Gegenwart böslich erwähnt hatte. Die Tante Möhn sprach von Deiner Freygeisterei, und daß Du nicht an den Teufel glaubst. Ich glaubte auf der Stelle auch nicht mehr an den Teufel und war ganz Dein und liebte Dich, ohne zu wissen, daß Du der Dichter bist, von dem die Welt so Großes spricht und erwartet ...«

Dies Wort vom Teufel hatte Bettina, noch ein Kind, im Vorbeigehen aufgeschnappt. Dem jungen Mädchen aber empfiehlt Bruder Clemens, der sie aus dem Dunstkreis sentimentaler Literatur lösen wollte: »Lies Goethe und immer wieder Goethe«. Dessen Gedichte, eben neu erschienen, nennt er »ein rechtes Antitodum der Empfindsamkeit«. Weiter empfiehlt er ihr die Lektüre von »Werther«, »Wilhelm Meister«, »Egmont« und »Götz«. Bettina liest sich ein, ist hingerissen. – Eine Sensation aber und das hellste Entzücken werden für sie die 43 Briefe, die Goethe, gut dreißig Jahre zuvor, Sophie von La Roche, der Großmutter schrieb: ein vergilbtes Bündel, im Juni 1806 von Bettina beim Kramen im großmütterlichen Dachboden aufgestöbert. – »Schönste Briefe« habe sie gefunden, erklärt sie dem Bruder. Briefe, die von des jungen Goethe Liebe zu ihrer schönen Mutter sprechen, deren dunkle Augen im »Werther« die blauen der blonden Lotte verdrängten ... Für Bettina ein aufregend neuer Aspekt. Die Liebe zu Goethe wird ihr »zum heilig gehaltenen Erbteil der Mutter«. – Und sie ist »das Kind«!

Sie hatte viel erfahren. Doch sie wollte, sie mußte mehr wissen. Sie wollte von des Dichters frühen Jahren hören, wollte aber auch hören, was ihm nach der schönen Maxe Verlust weiterhin an »Freude, Lust und Qual« widerfuhr; wollte wissen, wie seine Tage in dem fernen Weimar dahingingen …

Munter und als ob sie seit eh und je dort hingehöre, ließ sich Bettine, noch im Juni 1806, auf der niedrigen Schawell, zu Füßen der alten Frau Rat Goethe nieder. Sie war die Mutter. Sie mußte im Besitz der Antworten auf Bettines Fragen sein. – Neuerdings, erzählt Clemens Brentano, sei Bettine täglich und dann meist für zwei Stunden, bei der »Göthe«, ohne die sie und die ohne sie nicht leben könne. Bettine habe ein großes Buch am Roßmarkt liegen und schreibe aus dem Munde der Mutter die Geschichte der Mutter und des Sohnes in der bekannten kräftigen Manier, und Arnim sagt er kurz darauf, daß Bettine aus diesen Erzählungen »eine geheime Biographie des Göttlichen« zu bilden beabsichtige …

Und endlich, nach einem Winter der Spannung und voll der abenteuerlichsten Pläne, erreicht sie Weimar. Angekündigt durch ein Billett, das ihr Wieland mitgab – einst Großmutter La Roches Verlobter und Freund –, steigt Bettine am 23. April 1807 zum ersten Mal im Haus am Frauenplan die Treppe hinauf, wird in ein Zimmer geführt, »das voll kleiner Holzschnitte und Zeichnungen hängt«, und wartet …

»Indem trat er herein«, berichtet sie dem Bruder, »grüßt mich, rückt sich einen Stuhl herbey, sagt: ›Nun da sind wir ja, jetzt wollen wir schwätzen, bis Nacht ist.‹ Er

sprach mir viel von Arnim, den er wirklich liebt, auch über Dich sagte er mir mancherlei Gutes und Schönes, was mir sehr lieb ist. Er ist doch sehr gerecht und mild und auch nachsichtig. – Ich plauderte alles, was mir auf die Zunge kam, und er war damit zufrieden. Ich sagte ihm auch, daß ich seine Lebensgeschichte schreiben wollte, dies freute ihn, er eiferte mich ordentlich dazu an. Er war so ehrend in allem, was er sprach. – Wer ihn einmal gesehen hat wie ich, und ihn nicht liebt wie ich, der ist seinen Anblick nicht wert. Und wenn die ganze Welt ihn nicht erkennt, so will die Bettine Jubel ausrufen über seine Herrlichkeit, und Arnim, der ihn auch liebt, der soll die Fahne schwingen … Als ich wegging, steckte er mir einen Ring an den Finger und erinnerte mich nochmals an seine Biographie.«

Bettine: Entwurf zum Goethedenkmal

BESELIGUNG UND KATASTROPHE

Im November 1807 ist Bettine wieder in Weimar, in den zehn Tagen sieht sie Goethe fast täglich, sieht ihn 1810 noch einmal zwei frohe Tage in Teplitz.

»Es war freilich ein letzter Kuß, mit dem ich scheiden mußte, da ich glaubte, ich müsse ewig an Deinen Lippen hängen«, hält Bettine, Jahrzehnte später, im Traumgespinst ihres entstehenden Buches fest und fährt dort ekstatisch fort: »Und meine Tränen flossen diesem Scheiden. Da besann ich mich auf alles, wie Du mit mir gewandelt bist in nächtlichen Stunden und hast mir gelächelt, daß ich Dir das Wolkengebilde auslegte und meine Liebe, meine schönen Träume, und hast mit mir gelauscht dem Geflüster der Blätter im Nachtwind; der Stille der weit verbreiteten Nacht. – Und hast mich geliebt, das weiß ich; wie Du mich an der Hand führtest durch die Straßen, da hab ich's an Deinem Atem empfunden, am Ton Deiner Stimme, an etwas, wie soll ich's Dir bezeichnen, das mich umwehte, daß Du mich aufnahmst in ein inneres geheimes Leben, und hattest Dich in diesem Augenblick mir allein zugewendet und begehrtest nichts, als mit mir zu sein; und dies alles, wer wird mir's rauben?«

Arnim warnte. – Seit Ende August waren sie, nun glücklich ein Paar, beglückt wieder in Weimar. Bettine tagtäglich (was ihr, wie sie meinte, zustand) Gast im Haus am Frauenplan. Fühlte sie sich doch hier, alle leise Abwehr, auch von Goethes Seite, übersehend, längst als »das Kind« inthronisiert und brachte zudem, wie Goethe, der an »Dichtung und Wahrheit« arbeitete, wünschte, einen Packen kleiner Geschichten aus seinen Kindheitstagen mit, von der Mutter erzählt, von ihr

aber lebhaft aufgefaßt und reizvoll niedergeschrieben. Eine Gabe, hoch willkommen!
Doch Arnim nahm sehr bald wahr, daß Bettine, kokett den Dichter umkosend und sich ungeniert andrängelnd (»am liebsten auf den Schoß, um den Hals!«), die Frau des Hauses mehr und mehr irritierte. Er sah, wie er nach dem Eklat Goethe schrieb, den »heimlichen Groll der Frau Geheimrätin« wachsen, und er bedauerte, daß Bettine, der Christiane (zwanzig Jahre älter als sie) lediglich eine Quantité négligeable schien, seine Warnungen übermütig in den Wind geschlagen habe ...
Niemand war dabei. Niemand weiß, was an diesem ominösen 11. September 1811 in Hofrat Meyers kleiner Kunstausstellung, durch welche die Damen Christiane und Bettine gemeinsam streiften, exakt geschah. – Pauline Gotter im fernen Gotha will wissen, daß die Geheimrätin der Bettine die Brille von der Nase schlug; Riemer spricht dagegen von »Bettinens boshaften Bemerkungen«, die sich, bewußt modern und Verfechterin des romantischen Stilkonzepts, weidlich über Kunscht-Meyers klassizistisch orientierten Kunstbetrieb mokierte. Mittelmäßig sei das, langweilig und längst out of date.
Christiane hörte zu. Sie ärgerte sich, mehr noch, sie war verletzt und nicht gewillt, Heinrich Meyers Verhöhnung hinzunehmen. Dieser Mann war ihr, war Goethes lang erprobter Freund: unerschütterlich, unbeirrbar – schützend und helfend – stets an ihrer Seite, inmitten der Weimarer Feindseligkeiten, die sie zu ertragen hatte, seit der Dichter sie im Winter 1788 in sein Haus nahm.

(Fortsetzung S. 136)

DEZEMBER

1. Mittwoch

»Gib eine Norm zur Bürger-Führung!«
Hienieden, in Frieden
Kehre jeder vor seiner Tür;
Bekriegt, besiegt
Vertrage man sich mit der Einquartierung.

2. Donnerstag

Nicht größern Vorteil wüßt ich zu nennen,
Als des Feindes Verdienst erkennen.

3. Freitag

Und sollen das Falsche sie umtun,
So fangen sie wieder von vornen an;
Sie lassen immer das Wahre ruhn
Und meinen, mit Falschem wärs auch getan.

4. Samstag

Mit dieser Welt ists keiner Wege richtig;
Vergebens bist du brav, vergebens tüchtig,
Sie will uns zahm, sie will sogar uns nichtig!

5. Zweiter Advent

Doppelt gibt, wer gleich gibt,
Hundertfach, der gleich gibt,
Was man wünscht und liebt.

6. Montag · St. Nikolaus

Nun verdrießt mich nichts mehr, als wenn die Menschen einander plagen, am meisten, wenn junge Leute in der Blüte des Lebens einander die paar guten Tage mit Fratzen verderben und spät erst das Unersetzliche ihrer Verschwendung einsehen.

7. Dienstag

Herrschen lernt sich leicht, regieren schwer.

8. Mittwoch

Und doch läßt sich die Gegenwart ihr ungeheures Recht nicht rauben.

9. Donnerstag

Das Höchste, das Vorzüglichste am Menschen ist gestaltlos und der Dichter soll sich hüten, es anders als in edler Tat zu gestalten.

10. Freitag

Seine Würde mag jeglicher tragen und jeglicher gebe Red' und Antwort, wie er in seinem Stande die Pflichten zu erfüllen strebt.

11. Samstag

Doch zu dem Selbst-Verständnis
Ist auch wohl noch ein Rat:
Nach fröhlicher Erkenntnis
Erfolge rasche Tat.

12. Dritter Advent

Man tue nur das Rechte,
Am Ende duckt, am Ende dient der Schlechte.

13. Montag

Wem wohl das Glück die schönste Palme beut?
Wer freudig tut, sich des Getanen freut.

14. Dienstag

Es gibt so manches Wünschenswerte, möglich Scheinende; durch eine kleine Verwechslung machen wir es zu einem erreichbaren Wirklichen.

15. Mittwoch

Machts einander nur nicht sauer;
Hier sind wir gleich, Baron und Bauer.

16. Donnerstag

»Bist du denn nicht auch zugrunde gerichtet?
Von deinen Hoffnungen trifft nichts ein!«
Die Hoffnung ists, die sinnet und dichtet,
Und da kann ich noch immer lustig sein.

17. Freitag

Die Menschen werfen sich im Politischen wie auf dem Krankenlager von einer Seite zur andern, in der Meinung, besser zu liegen.

18. Samstag

Im Vaterlande
Schreibe, was dir gefällt:
Da sind Liebesbande,
Da ist deine Welt.

19. Vierter Advent

Tut dir jemand was zulieb,
Nur geschwinde, gib nur, gib.
Wenige getrost erwarten
Dankesblume aus stillem Garten.

20. Montag

Draußen zu wenig oder zu viel,
Zu Hause nur ist Maß und Ziel.

21. Dienstag · Winteranfang

Man läßt sich den Winter auch gefallen. Man glaubt, sich freier auszubreiten, wenn die Bäume so geisterhaft, so durchsichtig vor uns stehen. Sie sind nichts, aber sie decken auch nichts zu.

22. Mittwoch

Heut ist mir alles herrlich, wenns nur bliebe!
Ich sehe heut durchs Augenglas der Liebe.

23. Donnerstag

Die ganze Natur ist eine Melodie, in der eine tiefe Harmonie verborgen ist.

24. Heiligabend

Der Weihnachtsbaum war mütterlich geschmückt,
Die Kinder harren mit Verlangen,
Und das Ersehnte wird herangerückt,
Das holde Fest wird glanzvoll früh begangen.

25. Weihnachten

Wer Gott ahnet, ist hoch zu halten,
Denn er wird nie im Schlechten walten.

26. Stephanstag

Was freut denn jeden? Blühen zu sehen, das von innen schon gut gestaltet.

27. Montag

Freunde, bedenkt euch wohl, die tiefere, kühnere Wahrheit
Laut zu sagen; sogleich stellt man sie euch auf den Kopf.

28. Dienstag

Seh ich an andern große Eigenschaften,
Und wollen die an mir auch haften,
So werd ich sie in Liebe pflegen;
Geht's nicht, so tu ich was anders dagegen.

29. Mittwoch

Weiß denn der Sperling, wie dem Storche zu Mute sei?

30. Donnerstag

Große Talente sind das schönste Versöhnungsmittel.

31. Silvester

Weite Welt und breites Leben
Langer Jahre redlich Streben,
Stets geforscht und stets gegründet,
Nie geschlossen, oft geründet,
Ältestes bewahrt mit Treue,
Freundlich aufgefaßtes Neue,
Heitern Sinn und reine Zwecke:
Nun, man kommt wohl eine Strecke.

»Scharf« war, sagt Riemer, jetzt ihre Reaktion auf Bettines Stichelei. »Es kam zum Wortwechsel und endlich zu gröblicher Beleidigung.« – Empört rief Bettine, eine tollgewordene Blutwurst habe sie gebissen …
Weimar hatte seinen Skandal, und Weimar war entzückt! Bettine wandte sich alles Mitgefühl zu – Christiane aber, obwohl seit Jahren legitimiert, für »Weimars gute Societät« unaufhebbar ein Skandalon, gönnte alle Welt den Affront. Goethe ergriff wortlos, doch entschie-

Christiane von Goethe. Miniatur von Kurt Joseph Raabe. Deckfarben auf Elfenbein, 1811

den Christianes Partei, Bettina verschloß er sein Haus. Briefe, mit denen sie nicht müde wurde, ihn bis in seine letzten Tage zu belästigen, blieben unbeantwortet liegen.

Bei einem abendlichen Gespräch mit Kanzler Müller im September 1827 sprach Goethe von »problematischen Charakteren wie Bettina«, die ihn durchaus interessierten, und das um so mehr, je schwieriger es ihm werde, sie zu erklären und zu entziffern. – Dennoch war sie ihm bereits »eine immer wiederkehrende Fliege«, und 1826 gestand er seinem Herzog, »diese leidige Bremse« sei ihm als Erbstück von seiner guten Mutter schon viele Jahre sehr unbequem.

Doch trotz dieser auch nach Christianes Tod strikt durchgehaltenen Blockade erzwang sie schließlich – peinigend-peinlich – Mitte der zwanziger Jahre wieder den persönlichen Kontakt: von Goethe höflich, doch nur mühsam ertragen. – Am 7. August 1830 aber vermerkt sein Tagebuch endgültig: »Frau von Arnims Zudringlichkeit abgewiesen.« – Bettine hatte den Geliebten, sie hatte ihr Idol, ihren Gott verloren – – –

Was nicht zusammengeht, das soll sich meiden!
Ich hindr' euch nicht, wo's euch beliebt, zu weiden:
Denn ihr seid neu und ich bin alt geboren.
Macht, was ihr wollt; nur laßt mich ungeschoren!

Den Zudringlichen

Ein Epigramm Goethes, am 5.8.1812, kurz nach Arnims und Bettines Auftauchen in Teplitz geschrieben. Am gleichen Tag noch meldet er Christiane: »Von Arnims nehme ich nicht die mindeste Notiz, ich bin sehr froh, daß ich die Tollhäusler los bin ...«

Am 22. März 1832, mittags um halb zwölf Uhr stirbt Goethe.

Im Frühjahr 1835 ediert Bettine von Arnim in drei Bänden »Goethes Briefwechsel mit einem Kinde. Seinem Denkmal«. – Eine literarische Sensation! Bettine hatte mit Aplomb die Schriftstellerin in sich entdeckt und zugleich die Gewißheit gewonnen, daß nur sie zu sagen vermochte, was sie gelebt, erfahren, gedacht, was sie ersehnt und was sie geliebt hatte. Nur sie konnte den Traum beschreiben, der ihr Herz bewegte. Nur das war für sie die Wahrheit, ihre Wahrheit. – Ihr zweites Leben, das Dasein im Buch hatte begonnen.

»Seit dem Auftreten Henriette Sonntags, der glorreichen Sängerin, und den Vorlesungen Hegels«, berichtet der Publizist Theodor Mundt, »war Berlin in keine so große Parteispaltung, in kein so leidenschaftliches Pro und Contra geraten als in diesen Tagen durch den genialen, romantischen, mystischen, prophetischen, wundersam herumirrlichtelierenden Kobold Bettina, dieser Sybille der romantischen Literaturepoche.«

Mit dem Erlös ihres Buches – das suggeriert der Titel – will sie Goethe, »dem Göttlichen«, ein Denkmal errichten. Ein Denkmal aber ist bereits das Buch. – Liebe ist das Thema. Eine Liebe, die im leidenschaftlichen »Wertherton«, durchsetzt vom geheiligten Vokabular der Bibel, das Genie, den Genius, den Geist anruft, zugleich aber, im steten Schaukelspiel, irdische Nähe, die den Kuß, die kosende Berührung sucht.

»Goethe! Folgt mir Deine Einbildungskraft immer noch? – dann mußt Du die unwandelbarste Liebe in meinen Augen erkennen, mußt jetzt liebreich mich in

Deine Arme ziehen, mußt sagen: So ein treues Kind ist mir beschert, zum Lohn, zum Ersatz für manches. Es ist mir wert, dies Kind, ein Schatz ist mir's, ein Kleinod, das ich nicht verlieren will. – Siehst Du? – und mußt mich küssen, denn das ist, was meine Einbildungskraft der Deinigen beschert.«

Und der Gott neigt sich ihr zu, liebkost ihre Locken, küßt ihren Busen, streift mit ihr durchs stille Tal, lauscht wie sie dem Geflüster der Blätter, hüllt sie zärtlich in seinen weiten Mantel …

Bettina Brentano. Zeichnung von Ludwig Emil Grimm

Sie aber, »das Kind«, sie, die Adorantin, die bebend des Gottes Knie umschlingt, die tanzend – eine andere Mignon – »mit leisen Schritten magische Kreise zieht«, gewinnt im bunten Geflecht der rasch gleitenden Muster mehr und mehr an Kontur – wird zunehmend zu einer zaubrischen Figur, sprunghaft, nicht recht zu enträtseln, unsystematisch, voll Witz, Laune und Poesie. – Ihr war, sagt Sibylle Steinsdorff, im Dienste ihres Gottes »die Mythisierung der eigenen Existenz« gelungen. Sie zähle 81 Rezensionen, teilte Bettine im April 1838 Gräfin Julia Egloffstein mit. Darunter Ludwig Börnes scharfe Kritik, die ihr Buch, dieses Dokument grenzenloser Goetheverehrung, in paradoxer Umkehr »zum Instrument radikalster Goethefeindschaft« machte, was jedoch dem »Briefwechsel« zu einer nie erwarteten Publizität verhalf. – »Die Günderode« und »Clemens Brentanos Frühlingskranz« folgten: Briefromane wie der Goethe-Briefwechsel – Bettina, schon immer in der Leute Mund, war nun in die Reihe berühmter Frauen aufgestiegen.

Und das Publikum, wie zu allen Zeiten erpicht, den Geheimnissen eines berühmten Daseins auf die Spur zu kommen, nahm begeistert Bettines Traumgespinste als bare Münze hin. Zweifel an ihrer Glaubwürdigkeit erregten Ablehnung und Empörung. – Erst als Riemer, engster Mitarbeiter Goethes und steter Zeuge von Bettines Auftauchen in Weimar, in seinen »Mitteilungen über Goethe« 1841 Bettines Buch »einen Roman« und ihre Liebe einen »Liebesspuk« nannte, der sie verführe, sich pikante nächtliche Besuche, Promenaden und kuschelige Mantelszenen auszudenken, ließ das naiv-unmittelbare Leseinteresse nach ... Schon die zweite Auflage, eilig nach dem spektakulären Anfangserfolg

hergestellt, lag jahrelang, wie der Verleger klagte, »unberührt auf seinem Boden«.

Bettina aber wandte sich der Politik zu. Resolut ergriff sie Partei. Stets auf der Seite der Verfolgten, stets auch auf der Seite der Armen, der Unterdrückten. Überzeugt, die rechte Adresse gefunden zu haben, schreibt sie 1843 »Dies Buch gehört dem König«: ein politisches Bekenntnis.

Rilke aber greift, Jahrzehnte später, auf ihr erstes Buch, den halbvergessenen »Briefwechsel Goethes mit einem Kinde« zurück, und für ihn verwandelt sich, während er im alten Text dem alten Überschwang folgt, »das Kind« in die Figur der »Großen Liebenden«, deren Strahlkraft den Geliebten weit übersteigt. – Eine Variante des Bettine-Mythos, artikuliert in Rilkes emphatischer Manier, äußerst eindrucksvoll und langhin wirksam.

Vignette »Bettine«

QUELLENNACHWEIS

Die Texte dieses Almanachs werden nach der Artemis-Goethe-Gedenkausgabe mit Band und Seitenzahl zitiert.

Seite 5: 5,292; 8,456f; 2,391 **Seite 6:** 1,418; 8,43; 21,855; 9,197; 22,592; 16,887; 3,335 **Seite 7:** 1,646; 22,583; 22,593; 9,559; 13,444; 9,611; 10,305 **Seite 8:** 2,392; 4,562; 6,373; 9,506; 9,611; 12,455; 1,563 **Seite 9:** 9,549; 9,621; 18,411; 2,288; 8,305; 18,547; 1,606 **Seite 17:** 1,611; 18,907; 1,364; 7,592; 1,421; 19,233; 2,179 **Seite 18:** 1,629; 9,613; 13,307; 9,612; 9,500; 9,542; 1,650 **Seite 19:** 22,731; 1,439; 3,328, 14,884; 3,337; 9,499; 1,627 **Seite 20:** 3,337; 22,499; 1,557; 2,383; 17,721; 3,329; 9,615 **Seite 21:** 1,663 **Seite 29:** 3,335; 22,499; 8,494; 9,610; 9,513; 1,423 **Seite 30:** 3,336; 9,504; 9,611; 24,255; 4,443; 1,633; 1,429 **Seite 31:** 1,628; 9,637; 22,345; 10,706; 16,357; 6,834; 4,826 **Seite 32:** 1,606; 1,613; 21,766; 3,317; 19,581; 18,81; 1,436 **Seite 33:** 3,337; 9,621; 1,420; 9,559 **Seite 41:** 2,403; 23,25; 6,429 **Seite 42:** 4,447; 3,467; 1,611; 9,513; 1,435; 4,129; 8,503 **Seite 43:** 1,691; 3,336; 9,529; 9,514; 9,531; 23,689; 23,481 **Seite 44:** 1,654; 1,436; 2,384; 2,186; 3,312; 22,798; 3,339 **Seite 45:** 6,472; 1,425; 23,74; 9,639; 24,679; 1,427 **Seite 53:** 1,52 **Seite 54:** 1,417; 3,136; 1,572; 1,491; 22,725; 5,390; 1,423 **Seite 55:** 5,146; 1,644; 22,499; 2,385; 8,504; 9,512; 11,342 **Seite 56:** 1,409; 1,430; 9,282; 10,82; 22,482; 6,226; 1,424 **Seite 57:** 3,586; 1,426; 7,495; 18,370; 1,427; 22,640; 13,29 **Seite 58:** 4,826; 18,715 **Seite 65:** 1,604; 24,158; 1,637; 9,141; 3,337 **Seite 66:** 1,629; 24,594; 1,425; 1,424; 21,731; 2,381; B1/96 **Seite 67:** 1,427; 7,129; 15,1067; 6,865; 3,334; 3,334; 1,428 **Seite 68:** 5,307; 9,526; 1,425; 1,502; 22,651; 1,434; 1,431 **Seite 69:** 3,335: 9,523; 9,141; 1,428 **Seite 75:** 2,383; 6,733; 2,380 **Seite 76:** 1,537; 1,422; 9,639; 2,302; 6,435; 1,428; 6,320 **Seite 77:** 2,386; 2,389; 1,430; 4,387; 2,389; 1,426; 3,335 **Seite 78:** 1,429; 9,597; 12,35; 3,330; 1,203; 3,296; 1,42 **Seite 79:** 1,430; 12,49; 1,423; 9,531; 1,439; 9,627; 1,440 **Seite 85:** 5,161; 4,756; 2,387; 9,504; 1,430; 3,334; 1,431 **Seite 86:** 2,389; 24,457; 1,425; 3,335; 1,431; 1,607; 1,428 **Seite 87:** 1,431; 1,425; 1,632; 9,39; 1,566; 9,176; 3,335 **Seite 88:** 2,404; 13,85; 2,384; 6,222; 3,317; 19,643; 1,44 **Seite 89:** 1,440; 7,202; 3,316 **Seite 95:** 3,327; 1,428; 2,380; 1,431 **Seite 96:** 3,332; 24,122; 1,423; 2,389; 1,423; 3,459; 1,440 **Seite 97:** 2,388;9,196; 19,568; 9,262; 1,431; 6,215; 3,292 **Seite 98:** 1,418; 9,625; 1,608; 1,85; 9,624; 7,108; 1,418 **Seite 99:** 9,554;8,505; 9,17; 8,502; 9,508 **Seite 107:** 1,613; 1,419 **Seite 108:** 5,170; 21,920; 1,435; 24,122; 23,689; 2,378; 1,437 **Seite 109:** 3,356; 1,429; 23,825; 1,630; 2,397; 9,558; 1,616 **Seite 110:** 1,522; 22,433; 1,419; 10516; 9,507; 12,620; 9,515 **Seite 111:** 2,377; 9,509 1,598; 9,617; 1,630; 14,756; 1,655 **Seite 112:** 2,405 **Seite 119:** 1,263; 16,872; 3,397; 9,603; 22,643; 1,438 **Seite 120:** 1,606; 19,682; 3,328; 3,154; 1,627; 23,312; T,150 **Seite 121:** 6,70; 1,426; 1,421; 6,251; 20,171; 1,645; 3,335 **Seite 122:** 1,426; 1,439; 9,147; 3,650; 10,514; 9,617; 11,650 **Seite 123:** 1,418; 2,47; 1,431 **Seite 131:** 1,619; 1,437; 1,623; 1,605 **Seite 132:** 1,432; 4,410; 9,624; 9,94; 9,185; 3,99; 1,613 **Seite 133:** 1,653; 1,432; 16,400; 1,435; 1,434; 23,420; 1,433 **Seite 134:** 1,432; 1,433; 9,207; 3,369; 11,266; 3,723; 1,435 **Seite 135:** 1,539; 2,486; 1,433; 9,620; 9,628; 1,507

BILDNACHWEIS

Archiv für Kunst und Geschichte, Berlin: S. 139; Archiv Rowohlt: S. 117; Bildarchiv Preußischer Kulturbesitz: S. 115; Freies Deutsches Hochstift, Frankfurt am Main: S. 141; Goethehaus, Frankfurt am Main: S. 73; Goethemuseum Düsseldorf: S. 46, 136; Goethemuseum Frankfurt am Main: S. 60, 94, 102 (Foto: Ursula Edelmann); Kunsthaus Zürich: S. 50; Landesbibliothek Weimar: S. 14; Schiller-Nationalmuseum, Marbach: S. 90; Stiftung Weimarer Klassik und Kunstsammlungen: S. 11, 23, 25, 27, 35, 37, 40, 48, 52, 62, 71, 83, 92; Ullstein Bilderdienst, Berlin: S. 125; Verwaltung der Staatlichen Schlösser und Gärten Hessen, Bad Homburg v.d.H / Foto: Ursula Edelmann : S. 104, 128; Umschlag: *Corona Schröter, zeichnend*; Aquarell von G. M. Kraus, 1785. Stiftung Weimarer Klassik und Kunstsammlungen.

INHALT

Zum vorläufigen Abschied

Karl-Wolfgang

D1926068